서평문집 '모든 글의 시작은 서평으로 부터'라는 슬로건으로 씽크스마트미디어그룹에서 진행하는 '서평학교' 수료생들이 직접 고른 책을 읽고 쓴 서평으로 만든 서평 정기 단행본입니다.

평
모든 글의 시작은 서평으로부터

초판 1쇄 인쇄 2022년 1월 26일
초판 1쇄 발행 2022년 1월 31일

지은이. 김남희, 김승수, 노준민, 서창희, 윤경숙, 이호연, 정은빈, 조서연, 조인수, 한경란, 허성희, 박일호
펴낸이. 김태영

씽크스마트 미디어 그룹
서울특별시 마포구 토정로 222(신수동) 한국출판콘텐츠센터 401호 전화. 02-323-5609
웹사이트. thinksmart.media
인스타그램. @thinksmart.media
이메일. contact@thinksmart.media

*씽크스마트 - 더 큰 생각으로 통하는 길
'더 큰 생각으로 통하는 길' 위에서 삶의 지혜를 모아 '인문교양, 자기계발, 자녀교육, 어린이 교양·학습, 정치사회, 취미생활' 등 다양한 분야의 도서를 출간합니다. 바람직한 교육관을 세우고 나다움의 힘을 기르며, 세상에서 소외된 부분을 바라봅니다. 첫 원고부터 책의 완성까지 늘 시대를 읽는 기획으로 책을 만들어, 넓고 깊은 생각으로 세상을 살아갈 수 있는 힘을 드리고자 합니다.

*도서출판 사이다 - 사람과 사람을 이어주는 다리
사이다는 '사람과 사람을 이어주는 다리'의 줄임말로, 서로가 서로의 삶을 채워주고, 세워주는 세상을 만드는 데 기여하고자 하는 씽크스마트의 임프린트입니다.

*진담 - 진심을 담다
진담은 씽크스마트 미디어 그룹의 인터뷰형 홍보 영상 채널로 '진심을 담다'의 줄임말입니다. 책과 함께 본인의 일, 철학, 직업, 가치관, 가게 등 알리고 싶은 내용을 영상으로 만들어 사람들에게 제공하는 미디어입니다.

ISBN   978-89-6529-312-5   (03800)

ⓒ 2022 씽크스마트
이 책에 수록된 내용, 디자인, 이미지, 편집 구성의 저작권은 해당 저자와 출판사에게 있습니다.
전체 또는 일부분이라도 사용할 때는 저자와 발행처 양쪽의 서면으로 된 동의서가 필요합니다.

누가 그래, 서평은 기자나 교수만 쓰는 거라고?

재작년부터 코로나19로 허망한 세월을 보내고 있다. 뭘 해보려고 하면 '코'씨가 가로막아 다 된 죽에 코 빠뜨리기 일쑤였다. 비자발적 '집콕'(이라 쓰고 '은둔' 이라 읽는다)에 익숙해져 갈 무렵에 서평을 읽고 쓰는 사람에게 반가운 일이 생겼다. 새로 문을 연 씽크스마트 <서평학교 1기>에 열한 명의 학생이 모인 것이다. 그것도 대면수업이었고 연령대도 30대부터 70대까지 골고루 섞였다. 어쩌다 난생 처음으로 교장 감투도 얻어 썼다. 처음에는 서평은 기자나 교수만 쓰는 것 아니냐며 글을 쓰는 것이 어색하고 불편하다며 불평하던 사람들이 시간이 지나자 북평(Book評)을 1~3편씩 써냈다.

아일랜드 극작가 브래던 비언은 문학적 재능이 모자라 창작을 포기한 사람들이 서평을 쓴다면서 어깃장을 놓기도 했다. "비평가들은 할렘의 환관과 같다. 매일 밤 그곳에 있으면서 매일 밤 그 짓을 지켜본다. 어떻게 해야 하는지는 알고 있지만 그 자신은 그걸 할 수가 없다." 그렇다고 모두가 작가가 될 수는 없다. 그럴 필요도 없다. 작가가 되어 문학과 '결혼'하는 삶을 살지는 못하지만 책 읽기가 춤이 되는 삶, 서평을 쓰며 책과 아름다운 '연애'를 하는 사이가 훨씬 나을 수도 있다(고 우겨 본다). 물론 연애가 결혼으로 발전하는 즐거운 상상을 할 수도 있지만.

글쓰기를 처음 시작한다면 생활 글쓰기의 대표 장르라고 할 수 있는 여행 글과 서평을 추천한다. 특히 서평을 쓰는 것은 여러모로 가성비가 뛰어난 일이다. 서평을 쓰기 위해서는 일단 책을 읽어야 하고 책을 읽는 동안은 다른 쇼핑은 안(못) 할 테고, 설사 서평을 쓰지 못해도 책 읽은 게 어디 가는 게 아니니 분명히 남는 장사다. 책은 자신을 발견하게 해주기도 하지만 때로는 '발명'하기도 한다. 작가가 글을 '쓰는' 사람이라면 서평가는 '읽고 쓰는' 사람이다. 독일 문호 마틴 발저는 "우리는 우리가 읽은 것으로 만들어진다." 라고 말했다. 그가 지금 다시 살아 돌아온다면 이렇게 고쳐 말할듯하다. "우리는 우리가 읽고 쓴 것으로 만들어진다."

서평을 흔히 독서의 완성이라고 한다. 재독(再讀)이 독서의 정점이라면 서평은 독서의 완성이다. 맞는 말이다. 그런데 서평을 쓰면서 생각이 좀 바뀌었다. 서평은 지적인 권유이며 정중한 초대이다. 서평은 독서의 끝이기도 하지만 새로운 독서의 시작이기도 하다. 서평학교 교훈은 '불평 사절, 북평 환영'이다. <서평학교 2기>는 2월 셋째 주에 시작해 8주 동안 이어진다. <평>2호에 이름을 올릴 미래의 서평가들이 기다려진다.

  <서평학교 1기>가 아니었다면 신축년에서 임인년으로 넘어가는 겨울이 텅 비고 허전했을 것이다. 글밭을 함께 채웠던 란, 민, 빈, 수, 수, 숙, 연, 연, 희, 희, 희 열 한 명의 글동무에게 감사한다. <평>1호를 세상에 나오게 해 준 씽크스마트 김태영 대표님과 김준, 신재혁 두 분 편집자께도 고마움을 전한다.

2022.1 <서평학교 1기>를 대표해서

박일호

목차

서평가 **박일호**

경제가 아니고 사회다

『거대한 전환』 칼 폴라니 지음

안타까운 수컷들의 웃픈 블랙코미디

『사물의 안타까움성』 디미트리 베르횔스트 지음

코로나가 가르쳐 주는 은둔의 기술

『은둔기계』 김홍중 지음

『포스트 코로나 사회』 김수련, 김동은 외 지음

나에게 서평이란?　책이라는 실험실을 찢고 나온 새끼 에일리언. 더이상 숨을 곳도 숨길 데도 없다.

박일호　서평가이자 북평(Book評)주의자. 21년 동안 경제단체에서 일하며 '회사원 서평가'로 서평의 세계에 입문했다. 인문낭독극연구소를 운영하며 충남대 예술대학, 서울시50+ 캠퍼스 등에서 생활인문학과 서평을 가르치고 있다. 인도기행서평집『끌리거나 혹은 떨리거나』를 비롯해 몇 권의 책을 썼다. 베스트셀러가 될'뻔'만 했다.
ik15@naver.com

경제가 아니고 사회다

『거대한 전환』
칼 폴라니 지음 / 홍기빈 옮김 / 길 / 2009

　　지난 2015년 4월, 아시아에서 처음으로 서울에 칼 폴라니 사회경제연구소 아시아 지부가 문을 열었다. 칼 폴라니(Karl Polanyi, 1886~1964)는 오스트리아−헝가리 제국의 수도 빈에서 태어난 사회철학자이자 경제사상가이다. 폴라니는 1930년대 대공황을 겪었고 나치즘의 부상과 미국·소련의 냉전까지 경험했다. 생전에는 비주류에 머물렀지만, 사후 반세기가 한참 지난 지금, 21세기 신자유주의 경제가 위기에 몰리면서 새롭게 조명받고 있다. 2012년, 세계에서 내로라하는 경제 엘리트들이 모인 다보스 포럼에서는 '폴라니의 유령이 떠돌았다'라고 할 정도로 그의 사상을 주제로 긴 토론이 이어졌다.『거대한 전환』은 제2차 세계대전이 끝나기 한 해 전인 1944년에 나온 그의 대표작이다. 유럽 문명이 산업혁명 이전의 세계로부터 산업화의 시대로 넘어가는 거대한 전환 시기의 여러 사회적·경제적 기원과 정책들의 변화를 담고 있다. 크게 세 부분으로 이루어져 있는데 1부와 3부는 제1차 세계대전, 세계 대공황, 유럽 대륙에서의 파시즘 발흥 등 당시의 세계정세에 초점을 맞추고 있다. 이 책의 핵심이라고 할 수 있는 2부에서는 1815년에서 1914년까지 100년간에 걸쳐 평화와 번영을 누리던 유럽이 왜 갑자기 세계대전에 빠져들고, 경제적 쇠퇴로 이어졌는지를 보여준다.

시장경제를 목적 그 자체로 보지 않고 훨씬 근본적인 목적들을 달성하기 위한 수단으로 보는 것이 폴라니의 기본적인 시각이다. 책에서 그는 자유시장의 신화를 폭로한다. 제1차 세계대전으로 인한 평화의 붕괴와 대공황으로 이어진 경제 질서의 몰락이 지구적 경제를 시장 자유주의의 기초에서 조직하려 들었던 착각의 결과라고 말한다. 진정으로 자유로운 자기조정 시장경제란 역사상 한 번도 존재한 적이 없으며, 전혀 도달할 수 없는 황당한 유토피아에 불과하다는 것이다. 640쪽에 이르는 방대한 내용을 통해 폴라니가 주장하려는 핵심이 바로 이것이다.

> 이 자기조정 시장이라는 아이디어는 한마디로 완전히 유토피아이다. 그런 제도는 아주 잠시도 존재할 수가 없으며, 만에 하나 실현될 경우 사회를 이루는 인간과 자연이라는 내용물은 아예 씨를 말라버리게 되어 있다. 인간은 그야말로

신체적으로 파괴당할 것이며 삶의 환경은 황무지가 될 것이다. *(94쪽)*

그는 토지(자연)·노동(인간)·화폐(사회계약)를 허구 상품이라고 정의하며 이 셋을 상품으로 보는 것은 큰 실수라고 생각했다. 그 셋을 상품으로 만들어 시장에 맡겨둔다면, 결국 인간의 자유와 이상을 근본적으로 파괴하는 비극만 낳고 모두 실패할 수밖에 없다는 것이다. 노벨경제학상 수상자로 불평등 문제의 대가로 알려진 조지프 스티글리츠는 이 책의 발문에서 "오늘날 자기조정 시장경제라는 신화가 실질적으로 사망했다"(21쪽)라고 말한다. 영국 케임브리지대학교 경제학과의 장하준 교수도 비슷한 말을 했다. "자유시장이라는 것은 환상이라는 이야기이다. 자유시장처럼 보이는 시장이 있다면 이는 단지 그 시장을 지탱하고 있지만, 눈에 보이지 않는 여러 규제를 우리가 당연하게 받아들이기 때문에 그런 것일 뿐이다."(장하준, 『그들이 말하지 않는 23가지』, 22쪽)

폴라니는 독일에서 나치가 집권하자 영국으로 망명하여 노동자들과 사귀면서 시장 자본주의가 인간을 어디까지 망가뜨릴 수 있는지를 보고 경악을 금치 못했다. 강력한 계급사회, 노동자 계층의 빈곤, 돈이 중심이 되는 사회관계의 일반화된 모습을 지켜본 것이다. 이것은 흔히 말하는 '경제적 착취'의 문제가 아니었다. 인간이 영혼을 가진 존재라는 사실을 무시하고 인간을 단순히 시장에서 거래되는 상품으로 취급하며 인간을 파괴하는 모습에 대한 분노였다. 그렇다고 이 책의 핵심논지를 단지 '시장경제의 비인간성에 대한 고발'과 이를 막기 위한 '적절한 국가 개입과 규제의 필연성'을 주장하는 것으로 오독하는 것은 곤란하다. 그가 말하는 핵심은 시장경제라는 제도가 도덕적 차원의 비판 대상이 아니라 애초부터 현실과 동떨어진 망상에 불과하다는 것이다. 또 폴라니를 국가에 의한 시장개입을 적극 옹호한 케인지언이라고 생각하는 것역시 오해다. 시장 자유주의에 대한 케인스의 비판에 많이 동의하긴 했지만, 그가 주목한 것은 국가나 시장이 아니다. 마찬가지로 마르크스주의자들과 같은 줄에 폴라니를 세우려는 것도 무리한 시도다. 폴라니는 일생 모종의 사회주의자로서의 정체성을 가지고 있었지만, 22세 이후로는 주류 마르크스주의를 포함하여 모든 종류의 경제 결정론의 여러 교조에 완전히 흥미를 잃었다. 산업혁명의 결정적인 역할에 대해서는 마르크스의 분석에 동의하면서도 계급투쟁에 관해서는 다른 의견을 가졌다. 마르크스주의의 사적 유물론이나 노동 가치론을 비판했고, 공산주의적 중앙계획경제에 대해서도 명확하게 선을 그었다. 폴라니가 남긴 마지막 단어는 바로 '사회'다. 이제 우리가 사회라는 실체를 발견해야 한다는 것이며, 국가도 시장도 이 사회라는 실체가 필요로 하는 기능을 수행하기 위한 제도에 불과하다는 뜻이다. 토지·노동·화폐는 상품이 아니고 사회를 구성하는 가장 기본적인 요소라는 것이 폴라니의 기본 전제다.

> 노동·토지·화폐에 관해서는 이런 원리를 적용할 수 없다.
> 인간과 자연환경의 운명이 순전히 시장 메커니즘 하나에
> 좌우된다면 결국 사회는 완전히 폐허가 될 것이다. 구매력
> 의 양과 그 사용을 시장 메커니즘에 따라 결정하는 것도 똑
> 같은 결과를 낳는다. *(244쪽)*

이렇게 경제가 사회의 구성 요소에 불과한데도 사회에서 경제가 차지하는 비중에 대한 뿌리 깊은 오해로 말미암아 마치 사회가 경제에 예속된 것처럼 인식되고 있는 것이 문제라고 폴라니는 지적한다. 사회 속에 경제가 묻혀 있어야 마땅함에도 오히려 사회가 경제에 매몰돼 있다는 것이다. 그렇다면 어떤 경제와 사회를 구성해야 할까. 인간이 철저하게 이기적 동기로만 움직인다는 틀에서 벗어나 '나와 나를 둘러싼 관계가 삶을 풍요하게 하는 것'이 곧 '경제'라는 것이 폴라니식 사고이다.

『거대한 전환』은 70여 년 전에 쓴 책이지만 전통적인 경제학에 몇백 년째 절어 있는 기존의 경제학과 경제사상을 근본적으로 흔들 만한 거대한 명제를 품고 있는 책이다. 자유주의, 집단주의, 개인주의를 뛰어넘어 모든 지적인 이들에게 현재적인 메시지와 함께 깊은 통찰과 자극을 준다. 애덤 스미스

에서 케인스, 심지어 마르크스까지도 그 시야가 '경제'라는 협소한 영역에서 크게 벗어나지 못했던 데 비해 폴라니는 새로운 문제의 틀, 즉 '자연과 사회'를 보았다. 오늘날 폴라니가 주는 함의는 단순히 경제체제에 대한 방향성만이 아니라 삶에서, 사회에서 경제가 분리되어 나가는 현상까지 주목한 점에 있다. 경제영역에 삶의 전 영역을 종속시키고 난 뒤에 벌어진 인간 영혼의 파괴 현상 등 인간을 기계 부속품이나 상품으로만 보려는 모든 행위에 대한 반성이 그의 궁극적인 시각이다. 21세기 현시점에서 지구적 사회가 마주하고 있는 생태 위기, 불평등, 사회 파괴 등의 딜레마를 이해하는 데 있어 폴라니의 주장의 적실성과 중요성은 더 커지고 있다.

이 복잡계의 현대문명은 칼 폴라니가 『거대한 전환』에서 우리 시대 정치·경제적 기원을 규명한 바와 같이 '자기 조정적인 시장'의 탄생에서 출발했다. 시장이 '사탄의 맷돌'이 되어 경제체제를 통제하면서 전체 사회조직을 압도해버리는 결과를 가져온 것이 현대문명의 근본 성격이 됐다. 사회가 시장의 부수물이 됐다는 점은 코로나19 상황에서 우리가 절실히 절감하고 있다. '언택트'가 가져온 단절과 고립이 그간 세계화가 구축한 '초연결'을 분쇄해버렸다. 제2차 세계대전 이후 풍미한 자유주의 국제 질서는 코로나19가 초래하는 시장 불안정 상황에서 흔들린다. 시장은 새로운 글로벌 가치사슬을 찾아 요동치고, 미국은 패권적 리더십을 내던지고 경쟁국 중국을 압박하며 신고립주의 경향을 강화한다. 미중 간 패권 경쟁이 혼란의 소용돌이가 돼 돌이킬 수 없는 국제 질서 위기로 이어지지는 않을까?

폴라니가 전망한 바와 같이 시장의 지배에 위축된 사회가 자신을 재발견하게 되는 역설도 나타난다. 코로나19 팬데믹은 사회 영역에서 국가의 공적인 활동의 중요성을 드러내면서 현대문명사 무대에 국가를 다시 소환했다. 하이에크가 자유주의의 거추장스러운 속물로 취급하고 혐오했던 '국가'가 귀환한 셈이다. 코로나 팬데믹이 세상을 집어삼키는 요즘 같은 시절에 『거대한 전환』은 각별하게 읽힌다. 경제 논리만으로는 해결하지 못하는 공공성 영역에서 국가의 역할과 기능이 재조명받고, 코로나19가 초래한 지구촌 시장의 수축과 변용은 새로운 경제담론에 대한 논의를 촉발하고 있다. 코로나 이후 시장의 압력에 맞서 '사회'를 복원시킬 새로운 경제모델과 새로운 문명으로의 전환에 대한 기대와 조심스러운 예측이 곳곳에서 감지되는 상황이기 때문이다.

그러나 정치 사회학, 국제 정치학, 사회 사상사, 경제학 등 그의 저작에 걸쳐 있는 역사적, 지적 배경이 워낙 방대한 나머지 그의 사상에 접근하는 게 쉽지 않다. 그러니 이토록 복잡하고 정교하면서도 난해한 이 책의 내용을 단선적으로 요약하거나 정리하는 일은 애초에 불가능한 일에 가깝다. 다행인 것은 지극히 수사학적이며 능숙한 메타포를 구사하는 폴라니의 역동적이고 유려한 문체가 어려운 내용을 극복하며 나아가게 해준다는 데 있다.

벽돌을 깨면 아프다. 그러나 벽돌책을 깨면 기쁘다는 것을 깨본 사람은 안다. 650쪽에 이르는 '벽돌책'을 격파하기 위해서는 먼저 '거대한 간식'을 충분히 갖추고 덤벼드는 것이 필수다. 중간에 당이 떨어지는 경험을 수시로 할 테니까 말이다. 지구적 재난이 그 어느 때보다 거대해지는 요즘이다. 『거대한 전환』은 재난지원금 받았을 때 눈 딱 감고 사두면 든든한 책이다. 이 책이 어렵게 느껴진다면 『전 세계적 자본주의인가 지역적 계획경제인가 외』라는 해설을 겸한 얇은 편역서를 먼저 읽기를 권한다. 폴라니 사상에 가깝게 가는 디딤돌로 삼기에 맞춤한 책이다. 프리드리히 하이에크의 가장 유명한 책 『노예의 길』과 비교하며 읽는 것도 좋은 방법이다. 우연하게도 『거대한 전환』과 같은 해에 출판된 이 책은 폴라니의 정반대 쪽에 자리잡고 있다. 굳이 비유하자면 폴라니가 신자유주의의 원조 저격수라면 하이에크는 자유주의의 전투적 수호자쯤이 될 수 있겠다.

 함께 읽으면 좋은 책

1. 『살림/살이 경제학을 위하여』 / 홍기빈
2. 『전 세계적 자본주의인가 지역적 계획경제인가 외』 / 칼 폴라니
3. 『칼 폴라니, 새로운 문명을 말하다』 / 칼 폴라니

안타까운
수컷들의
웃픈
블랙코미디

『사물의 안타까움성』
디미트리 베르휠스트 지음 / 배수아 옮김 / 열린책들 / 2011

새해가 시작되면 매번 금주(정확하게 말하면 절주지만)를 결심하지만, 작심삼일로 끝나기 일쑤다. 그럴 때면 내 의지가 약함을 탓하며 자괴감에 빠지곤 한다. 그런 나를 일시에 구원(?)해준 작품을 만났다. '디미트리 베르휠스트라'는 낯선 작가의 이름과 함께 맥주병 위에 사람 얼굴을 얹은 표지부터 예사롭지 않은 소설『사물의 안타까움성』이다.

육담(肉談)으로 써 내려 간 블랙코미디 같은 야성적인 이 낯선 벨기에 소설에 누군가는 '자전소설이 거둘 수 있는 최대한의 성취'라는 헌사를 붙이면서, '젊은 수컷이 기록한 진정한 수컷들의 이야기'라고 거칠게 압축하여 표현했다.『사물의 안타까움성』은 열세 살 소년 디미트리의 시선을 따라가는 자전적 성장소설이다. 무위도식하며 술로만 일관하는 막장 인생을 살면서도 왕처럼 군림하며 거칠 것 없이 야생마의 삶을 살았던 아버지와 삼촌 세대의 폭죽같은 인생에 대한 따뜻한 회상을 담았다. 쥐꼬리만 한 할머니의 연금을 파먹으며 술과 여자만 탐닉하는 네 형제가 있다.(영화로도 만들어진 천명관의 소설 『고령화 가족』이 얼핏 떠오른다) 그나마 우편 배달부라는 정규직을 가진 아버지를 제외한 세 명의 룸펜 삼촌들은 루저 중의 루저이고 더 갈 곳 없는 하층 인생들이다. 자신들이 가진 모든 재능(이들에게 이런 게 있기나 한지 의심스럽긴 하지만)을 좋아하는 술과 도자기 몸매를 가진 여자들에게 바치는 데만 온통 써버리는 '벨기에인 조르바'(조르바님 죄송!)같은 존재들이다. 그러나 디미트리 눈에는 찌질한 삼촌들이 생강빛 수염을 가진 제임스 본드의 멋진 이복동생만큼이나 멋있게 비친다. 가난에 기죽지 않고 일상에 폭죽을 쏘아 올리며, 매일매일을 불꽃놀이 같은 축제의 삶으로 바꾼다.

작가는 곳곳에서 존 레논이 존경한 미국 싱어송 라이터인 로이 오빈슨(Roy Orbison)에 대한 오마주를 노골적으로 드러내고 있다. 법원 집행관에게 TV를 압류당해 그날 밤 예정된 로이 오비슨의 컴백 공연 중계를 못 보게 된 삼촌들은 맥주 한 박스를 사들고 같은 마을에 사는 이란 이민자의 집에 무작정 쳐들어간다. 그곳에서 기상천외한 난장(亂場)을 벌이는 장면이 나오는 4장 '오직 외로운 이들만이'는 압권이다. 아버지가 갓 태어난 디미트리를 자전거 앞자리에 태우고 담배 연기 자욱한 술집을 돌아다니며 믿기 힘들 정도의 비상식적인 탄생 축하 퍼레이드를 벌이는 대목(254~259쪽)도 맨송맨송한 정신으로 읽기에는 아까운 장면이다. 누군가 사랑하는 연인에게 어떻게 눈물과 정액 중 하나만을 골라 바칠 수 있겠냐고 한 것처럼 이 소설 역시 지뢰처럼 곳곳에 묻어 놓은 눈물과 웃음을 골라 딛는 것은 불가능하다.

암울하고 빈곤에 찌든 이야기를 얼마나 유쾌하고 담백하게 풀어 놓았는지 책 뒤쪽이 줄어드는 것이 안타까워 자꾸 남은 쪽의 두께를 재게 만든다. 웃음과 울음을 왕복하게 만드는 이 괴짜 같은 소설을 공공장소에서 읽으려면 주의해야 한다. 도서관에서 5분 단위로 터져 나오는 웃음을 주체하지 못하고 낄낄거리고 읽다가 따가운 눈총을 받았다. 서둘러 집으로 돌아와 방바닥을 뒹굴고 포복절도하며 읽었다. 배 깔고 엎드려 읽다가 밑줄을 긋기 위해 연필을 찾아 일어나야 할 때도 있다. 예컨대 이런 대목이 그렇다. "사람들은 대개 어느 정도의 불행을 자기 운명에 허용하는 경향이 있지 않은가. 불행해 버리고 말지 뭐. 그게 더 쉬우니까."(243쪽), "시인 한스 안드레우스를 떠올렸다. 그는 죽음이 임박했을 때 다음과 같은 말로 아내를 임종의 침상에서 물러가게 했다고 한다. '이만하면 됐으니까 가줘. 이제부터는 나 혼자서 치러야 하는 일이니까.'"(270쪽) 또 남자들만의 말 없는 교류가 이루어지는, 긴장과 애정이 씨줄과 날줄처럼 묘하게 겹치는 순간에 대한 묘사도 있다.

지금 우리 둘 사이에서 벌어지는 암묵적인 경쟁은 모든 아버지와 아들 사이에서 일어나게 되는 원초적인 일이다. 누가 강자인지 가려내고야 말겠다는 이 끈질긴 승부는 결국 나이에 의해서 판가름 나는 것이 보통이다. 아버지들은 아들의 손에 친부 살해의 무기를 직접 쥐어 주게 된다. 그러면서 아들이 자신을 능가해 주기를 간절히 바란다. 아버지를 무찌르기 위해 주먹 부대를 동원할 필요는 없다. 그의 자식이 어느덧 이렇게 늠름한 사내로 성장했다는 것을 보여 주어 만족감을 안겨 주기만 하면 그것은 곧 그 자신은 쇠락의 길로 접어들었다는 고통스러운 깨달음과 동격이 되니 말이다. *(228~229쪽)*

번역자가 1990년대 한국소설의 새로운 문법을 개척했다고 알려진 소설가 배수아다. '배수아 소설은 작가의 이름을 가리고 봐도 알 수 있다'라는 정평을 받는 그녀가 자신의 문체를 숨기고 우리말로 능청맞게 옮겼다. 『사물의 안타까움성』은 새해가 얼마 지나지도 않았는데 결심했던 금주 계획을 깨서 괴로울 때 읽기에 맞춤한 책이다. 전 세계 애주가들에게 복음 같은 이 소설은 갓 끓여 내온 커피와 폭신한 케이크와는 어울리지 않는다. 맥주를 병째 들이키며 읽는 게 제격이다. 그리고 다짐한다. 사람은 신을 믿고 악마는 아직은 우리를 믿는 한 가끔은 마셔줘야 한다고. 세계금주협회(정말로 이런 단체가 있다면)는 예산의 절반 이상을 이 소설의 절판을 위해 써야 할지 모른다. 마지막 318쪽을 덮을 때쯤에는 냉장고에 사뒀던 맥주가 모두 떨어진 뒤였다. 츄리닝 바람으로 집 근처 편의점으로 향했다. 금주를 결심했던 새해가 사흘 지난 저녁이었다.

 함께 읽으면 좋은 책

1.『드링킹 그 치명적 유혹』/ 캐롤라인 냅
2.『소주 클럽』/ 팀 피츠
3.『읽지 않은 메시지가 있습니다』/ 카트 드 코크

코로나가 가르쳐 주는 은둔의 기술

『은둔기계』
김홍중 지음 / 문학동네 / 2020

『포스트 코로나 사회』
김수련, 김동은 외 지음 / 글항아리 / 2020

2019년 여름, 지인 몇 사람이 단출하게 몽골을 다녀오려고 했다가 그만 소문이 나는 바람에 스무 명 가까운 인원으로 여행팀을 꾸리게 되었다. 첫날 수도인 울란바토르의 징기스칸 공항에 내려 버스로 55km 떨어진 테를지 국립공원지역으로 향했다. 말로만 듣던 광활한 몽골 초원에 눈을 빼앗겨 시간이 어떻게 지나는지 모를 정도였다. 눈호강이 따로 없는 것이 갑자기 시력이 확 좋아진 착각마저 들었다. 다음 날 아침, 해발 1,600m 고산지대의 게르에서 잠을 자고 일어났을 때 초원의 아침 모습은 낮이나 밤과는 또 다른 풍광이었다. 잠자는 시간이 아깝다는 생각을 처음으로 했다. "잘 잤어요?"라고 묻는 것보다 "잘 깨어있었나요?"라는 인사가 어울리는 곳, 살아있는 것들로 인해 새삼 살아있음을 명징하게 보여주는 곳. 도시에서는 밤이 많은 것을 보여주지만 몽골에서는 아침이 많은 것을 보여준다.

　게르 근처를 산책하다 보니 새벽에 내린 비 때문에 초원에 생기가 가득했다. 어제보다 한 뼘은 더 자란 들꽃들이 앞다투어 기지개를 켠다. 처음에는 말똥을 피해 조심스럽게 옮기던 발길이 행여 꽃이라도 밟을까 더 조심스러워진다. 광활한 대지와 드넓은 초원 속에서 여행자는 잠시 길을 잃었다. 4박 5일 동안 울란바토르, 테를지 국립공원, 엘승타사르해를 둘러본 짧지만 아득한 일정이었다. 마지막 날 초원 위에 덩그러니 세운 게르에서 일행들과 다음 해는 바이칼 호수보다 아름답다는 홉스골 호수와 고비사막에 꼭 오자고 술잔을 나누며 약속했다. "인생의 고비마다 고비를 만나자"라는 캐치프레이즈도 정하고 몇 명과는 '유목', '초원', '은둔'을 키워드로 하는 공부 모임도 만들기로 했다. 누군가 그런 말도 했다. "여행은 만족스러운 섹스와 같다. 전희의 즐거움과 함께 후희의 즐거움이 있다." 신발에 묻혀 온 사막의 모래를 털어내며 그해 나머지 절반은 몽골에서 받아온 기운으로 살았던 기억이 새롭다. 그 후 코로나19가 세상을 덮치면서 해외여행은 언감생심 꿈도 못 꾸게 되었다. 세상의 모든 별을 다 모아놓은 듯했던 밤하늘과 끝이 보이지 않을 정도로 아득했던 초원, 그리고 폐활량 가득 들어 마시고 내뱉었던 공기까지도 그립다.

　2019년 12월, 중국 우한에서 원인 미상의 폐렴 환자가 발생했다는 소식이 들렸다. 몇 달 만에 이 질환을 SARS-CoV-2 바이러스에 의한 코로나19 감염증(COVID-19)이라고 밝혀낸 것은 과학의 놀라운 성취다. 그러나 거기까지였다. 그때까지만 해도 그게 전 세계를 팬데믹(pandemic)으로 몰아넣을 줄은 아무도 몰랐다. 악명을 떨쳤던 스페인독감도 몇 가지 역사적 기록으로만 존재할 뿐 우리 삶과 생활의 영역에 이토록 직접적으로 들어오지는 못했다. 기억이 생생한 신종인플루엔자 A나 메르스 역시 주로 의학이나 자연과학 영역의 관심으로만 남았다. 그러나 코로나19는 달랐다. 우리가 지금 보고 듣고 경험하는 코로나19를 둘러싼 사건은 생물학적인 것과 사회적인 것이 종합적으로 발현된 총체물이다. 심지어 정치적이기까지 하다. 코로나19 유행과 그 경험을 기억하고 해석하는 일은 집단적 체화라는 과제를 남겼다. 코로나는 직장에서 집에서 거리에서 원하지 않는 거리두기와 자가격리를 강요했다. 코로나로 인해 심상치 않은 일들이 벌어지자 영국에서 대학을 다니던 딸도 서둘러 귀국했지만 곧바로 집에 오지 못하고 격리시설로 들어갔다. 2주면 나오려니 했는데 예상과 달리 한 달 가까이 그곳에 갇혀 지냈다. 가족 모두 함께 '은둔'의 시간을 보내야 했다. 하루에도 몇 번씩 영상통화와 문자를 주고받았지만 안에 갇힌 딸에게 바깥에 있는 내가 해 줄 수 있는 일이 없었다. 가까이에 있으면서도 얼굴도 못 보는 상황이 어처구니가 없었다. 다행히 얼마 후 딸은 별 탈 없이 집에 돌아왔지만 제 딴에도 스물 몇 해를 살면서 가장 강렬한 경험으로 남은 듯했다.

사회학자 김홍중의 첫 산문집 『은둔기계』를 읽었던 게 그무렵이다. 『은둔기계』는 짧고 끊김이 많은 '단상집'이다. 프래그먼트(fragment)나 아포리즘(aphorism)이라 부를 수도 있을 것같다. 저자가 말하는 '은둔'은 초연하고 귀족적이고 고상한 탈속이나 고고한 정신의 도피처가 아니다. 지금 우리 시대의 한복판에서 매일 벌어지는 '거리(距離)의 생산' 혹은 '간격의 조립'과 같은 미시정치적 실천의 현장이다. 세계는 좁아져 있다. 더 이상 숨을 곳이 없다. 이 책은 은둔기계의 삶에 관한 것이다. 저자는 은둔 속에서 노동하고, 생각하고, 산책하고, 읽고, 쓰고, 견디고, 저항하고, 창조하며 다른 무언가로 생성되어가는 이들을 '은둔기계'라 부른다. 형식은 롤랑 바르트에서 가져왔고, '기계'라는 개념은 질 들뢰즈의 이론에 기대고 있다.

감염의 상상계. 잠복기까지의 기다림. 감염되었는지 감염되지 않았는지 확실하지 않은 상황의 불안. 혹은 건강검진을 받고 난 후 결과를 기다리기까지의 시간. 이들은 모두 의학적 패러다임의 연옥이다. 불안 속에 지내다가 결국 '아무 이상 없습니다'라는 의사의 복음과 더불어 회생하는 삶. 반복되는 부활. (『은둔기계』, 52쪽)

코로나19 유행은 예기치 못한 사건인가? 그렇지 않다는 것이 밝혀졌다. 코로나19의 원인(原因)말고 근본적 원인(遠因, distal cause)도 규명되고 있다. 역사상 전례 없는 인류의 자연 침범이 첫 번째로 꼽힌다. 바이러스에게 역대 최고의 전성기를 제공하는 공장식 축산과 지구 온난화로 나타나는 기후위기가 대표적이다. 인류가 만들어냈고 인간이 자초한 것이라는 공통점도 있다. 많은 동물이 왜 야행성으로 변했는지를 추적한 재미있는 논문을 보면 동물들이 원래 밤에 돌아다니기를 좋아하는 게 아니었단다. 낮에 인간이 하도 들쑤시며 돌아다니니까 인간을 피해 할 수 없이 밤에 돌아다닌다는 거다. 우리 인간이 그동안 자연에게 무슨 짓을 했는지를 보여주는 단적인 사례다. 주객이 전도된 경제체제의 모순도 한몫 거들었다. 무한 이윤 추구와 성장이라는 수단이 우리 삶의 목표를 왜곡하고 엉뚱한 곳으로 데려갔던 것을 뒤늦게 알게 되었다. 어쩌면 자본주의라는 것 자체가 쓸데없는 접촉과 거품에 의해 굴러온 건지도 모른다. 이제부터라도 자연과 절제된 접촉을 하지 않는다면 인류는 '현명한 인간'이라는 뜻의 호모 사피엔스 (Homo sapiens) 학명을 반납해야 할지 모른다. 극단적인 것들은 시간이 흐르면서 빠르게 범용한 것이 되어간다. '사건' 초기 끊임없이 호출했던 중국과 메르스 같은 단어들이 그렇다. 다만, 연속적으로 축적된 공통의 경험 지평은 우리 삶과 생활의 영역에 잠복해 있다가 언제든 그 모습을 다시 드러낼 것이다.

근본적으로 자본주의적이다. 자본주의의 핵심에는 무제한

적 축적 충동이 존재한다. 사회 시스템이기 이전에 자본주의는 마음의 시스템이며, 그 강박적 운동은 무한성을 향한다. (중략) 없음과 있음 사이에 '더 많이 있음' 혹은 '더 많이 없음'의 점진적 가능성이 지배하는 공간, 그것이 자본주의적 삶의 공간이다. (『은둔기계』, 173~174쪽)

인간이 인간을 견디지 못하는 시대. 2020년 일본 사회를 상징하는 '올해의 한자'로 '密(빽빽할 밀)'이 선정됐다. 코로나19 확산에 따라 '3밀(밀폐·밀집·밀접) 회피'를 방역 구호로 제시해 일본인의 일상생활에도 큰 영향을 미쳤기 때문으로 풀이된다. 우리는 스스로가 인간이라는 사실을 부끄러워하는 첫 번째 세대가 되었다. 지금 우리 시대의 거리 한복판에서 매일매일 벌어지는 미시정치적 현장에서 은둔지가 만들어지고 있다. 기존의 경계 너머를 꿈꾸는 것이 아니라, 지금 자신을 가로지르는 경계선의 배치를 바꾸려는 노력이 중요하다. 정확하게는 가치의 순위가 아니라, 앞과 뒤 순서와 배치의 문제다. 좋은 삶이 좋은 방역을 만든다. 얼마 전까지만 해도 '방역이 중요한가, 경제가 중요한가?' 같은 어리석은 질문을 달고 살지 않았던가. 사회경제적 안정성이 더 중요한 가치임이 당연하다. 무언가를 할 수 있기 위해서 다른 무언가를 하지 않았어야 하는 결단과 용기가 필요하다. 삶의 바탕에 존재하는 것은 전진이나 확장이나 강화가 아니라 포기다. 은둔이다. 하나의 세계관, 감수성, 삶의 형식을 새롭게 '발명'하는 것, 그것은 차

라리 '돌파'에 가깝다.

> 초超연결사회의 참된 도덕성은 단절의 능력에서 발견된다. 얼마나 깊이, 진지하게, 창조적으로 끊어질 수 있는가? 끊어짐과 연결됨 사이에 얼마나 많은 생동감 있는 리듬을 설계할 수 있는가? 공동체의 우상으로부터 얼마나 자유로워질 수 있는가? 은둔을 어떻게 실천할 것인가? (중략) 인간은 사회적 동물이 아니라, 어떤 경우 '연결하고' 어떤 경우 '연결을 끊는' 동물, 은둔할 줄 아는 동물이다. (『은둔기계』, 55~56쪽)

과잉 연결된 관계들을 해체하는 것, 과열된 자본주의적 삶의 양식을 벗어나는 것, 우리가 알지 못하는 새로운 가능 세계를 성찰하는 것, 이것이 포스트코로나 시대에 새로운 은둔의 실천이다. 다행히 백신이 개발되어 접종이 진행 중이다. 그런데 진짜 백신은 따로 있다. 심리학자들은 불안과 분노를 구분한다. 불안은 사실을 알려달라는 감정이고, 분노는 진실을 말하려는 감정이다. 불안을 넘어 분노로 나가야 할 때다. 제대로 분노하기 위해서라도 '은둔'이라는 백신이 필요하다.

코로나 앞에서 당연하던 일상이 멈춰 섰고 저절로 가능했던 미래가 불투명해지면서 코로나19를 규명하고 진단하고 전망하는 책들이 나타나기 시작했다. '팬데믹의 경험과 달라진 세계'라는 부제를 단 『포스트 코로나 사회』도 그중 하나다. 코로나19로 긴박했던 당시 우리 사회의 모습을 전 방위적으로 조망하며 그 여파들을 이해하고 지금의 과제에 대한 현장과 학문의 시급한 응답을 담은 책이다. 이 책이 본격적으로 기획된 것은 2020년 3월 셋째 주. 3월 25일을 기준으로 세계보건기구(WHO) 누적 통계상 4만 1680명의 감염자, 1만 8573명의 사망자가 나온 시점이었다. 당시로서는 급박한 상황이었다. 교수, 의사, 간호사, 작가, 페미니스트 활동가, 방역본부 관계자 등 의료현장에서부터 인류학에 이르기까지 각자의 자리에서 코로나19와 직접적으로 대면했던 12명이 공동저자로 나섰다.

> 묻고 싶다. 정말 다시, 이전으로 돌아가고 싶은가. 나는 (공장이) 멈추자 비로소 보인, 요사이 청명한 하늘이 너무나 좋아서 다시는 미세먼지 그득한 까만 하늘이 있는 세상으로 돌아가고 싶지 않다. (중략) 한 사람의 예감은 예민함으로 끝나지만 한 사회의 구성원들, 지구인들의 예민함은 시스템에 대한 근본적인 성찰을 낳고 새로운 삶의 방식을 모색하는 계기로 작동할 것이다. (『포스트 코로나 사회』, 90쪽)

뒤돌아보며 나아가는 것은 용기이고, 나아가며 뒤돌아보는 것은 지혜이다. 올해처럼 사람들이 스스로에게 많은 질문을 던진 적이 있었던가. 그동안 철학은 답도 없이 자꾸 묻기만 해서 머리 아프고 종교는 묻지도 않은 질문에 자꾸 답을 해서 곤혹스러웠다. 그런데 코로나19야말로 인류의 과거와 현재, 그리고 미래에 대해 집요하게 질문과 답을 번갈아 요구하는 '실체'가 되었다. 우리는 정말 다시 그때로 돌아갈 수 있을까. '다시'로는 다시 돌아갈 수 없을지도 모르지만 인류는 지금 기나긴 의심의 터널을 지나 증명의 시험대를 통과하고 가능성의 문을 열고 있다. 제약회사가 만든 백신과 항체 말고 우리 공동체가 함께 만드는 '인간 백신'에 더 큰 희망을 품는 이유가 거기에 있다.

코로나는 여행을 쉽게 저지르는 현대인에게 딴지를 건다. 여행은 삶과 삶 사이의 긴 휴지(休止)에 놓인 짧은 처방일 수 있으니 '가는' 여행 말고 '하는' 여행을 해보라고. 무릇 여행의 끝은 은둔이다. 집배원이 전해주고 간 이번 달 정기구독 잡지, 김성중 소설 『국경시장』의 배경인 '메싸이'가 형광펜으로 표시된 세계지도, 93.1MHz 클래식FM에 주파수가 맞추어져 있는 낡은 라디오. 가는 귀먹은 옆집 할머니가 크게 틀어놓은 텔레비전 소리, 삼청공원을 산책하고 돌아와 맡는 밥 뜸드는 냄새, 알코올 회동에 '콜'하는 주당 친구의 반가운 카톡 문자. 우리는 이런 단순하고 사소하고 잡다한 리얼리티 앞에 머리를 숙이며 살아간다. 숨고, 도망치고, 견디면서도 기계처럼 끈질긴 생명력을 작동시켜가며 거기 그렇게 남아 살아내는 존재들이다.

구원이란 이렇게 단순하게

밥 짓는 물처럼 보글보글하게

사는 일일까

(이사라 시, '강가(Ganga)라고 부르는 사람들이' 중)

 함께 읽으면 좋은 책

1.『스테이션 일레븐』/ 에밀리 세인트존 맨델
2.『우리는 바이러스와 살아간다』/ 이재갑, 강양구
3.『인수공통 모든 전염병의 열쇠』/ 데이비드 콰먼

증상에 따라 만나는 든든한 친구

『소설이 필요할 때』 엘리 베르투, 수잔 엘더킨 지음

나에게 서평이란?

서평은 안경이다. 책이 제대로 보이기 때문이다.

김남희

토목설계회사에서 구조설계를 담당하고 있는 60이 갓 넘은 토목전공자이다. 단조롭던 일상이 50+인생 학교를 통해 다양한 만남과 배움으로 신세계를 맛보고 있다.
momo6769@gmail.com

증상에 따라 만나는 든든한 친구

『소설이 필요할 때』
엘리 베르투, 수잔 엘더킨 지음 / 이경아 옮김 / RHK / 2014

아프면 증상에 맞는 의사를 찾아 병원에 간다. 그리고 처방전을 받아 약을 먹는다. 이렇듯 '약은 약사에게 진료는 의사에게'는 살면서 지켜야 하는 규칙 중 하나다. 그렇다면 살면서 마주치는 난감하거나 고민스러운 다른 상황에는 어떻게 해야 할까? 만병통치약은 아니지만, 증상에 도움이 될 만한 책을 골라주는 문학치료사가 있다. 우리나라에도 많은 독자를 거느리고 있는 스위스 출신의 소설가 '알랭 드 보통'이 런던에 설립한 인문학 아카데미 인생학교의 소설치료사들이 대표적이다. 『소설이 필요할 때』는 바로 그 학교의 열정적인 독서가이자 소설치료사로 활동 중인 두 저자가 선별한 소설 리스트다.

엘라 베르투와 수잔 엘더킨은 오랜 문학치료사 경력으로

소설치료사들의 북테라피를 집필한다. 어릴 때부터 책의 세계에 빠져있던 저자들은 운명처럼 케임브리지 대학교 영문학과에서 만난다. 학창시절 내내 좋은 소설을 돌려보고 서로 추천해 주면서 문학치료를 공통의 관심사로 삼게 된다. 문학치료교실을 운영하고 전화나 온라인을 통해 전 세계의 다양한 의뢰인들을 치료한 경험을 바탕으로 독서치료에서 소설의 효능이 가장 완전하고 확실하다는 확신을 얻었다고 한다.

> 우리는 환자를 치료한 경험을 바탕으로 독서치료에서 소설의 효능이 가장 완전하고 확실하다는 확신을 얻었다. *(중략)* 앙드레 지드는 말했다. "내게 독서란 단순히 작가의 생각을 취하는 것이 아니라 그와 함께 온 세상을 여행하는 행위다." 책으로 여행을 하고 나면 삶은 완전히 달라진다. *(9쪽)*

책 뒤편의 찾아보기에는 다양한 인생질병치료에 도움을 받을 수 있는 소설치료법에 대한 리스트가 달려 있어 그때그때 증상에 따라 요긴하게 활용할 수 있다. 감기에 걸렸을 때, 결혼할 때, 도박에 빠졌을 때, 알코올 중독일 때, 차멀미를 할 때, 출산할 때, 코를 골 때 등 일상에서 느낄 수 있는 고민에서부터 힘들고 아픈 증상들에 맞는 소설들을 추천해 준다. 또, 책을 사들일 때, 책 읽기가 두려울 때, 책을 과도하게 숭배할 때, 세상에 책이 너무 많아 기겁할 때 등과 같이 책과 독서에 관한 특별한 증상의 독서 질환을 치료하는 방법도 알려준다. 이를테면 알코올 중독일 때는 스티븐 킹의 『샤이닝』과 맬컴 라우리의 『화산 아래서』, 존 L. 파커 주니어의 『원스 어 러너』를 처방전으로 내주는 식이다.

> 알코올 중독자들은 진에 들어있는 얼음덩이처럼 소설만 펼치면 어디든 널브러져있다. 왜일까? 술이 들어가면 말이 많아지기 때문이다. *(중략)* 혹시 지금 주정꾼의 길로 가고 있는가. 술로 인해 패가망신하는 과정을 생생하게 그린 소설 두 편만 읽으면 정신이 번쩍 들 것이다. 우리가 처방한 약을 세 번에 걸쳐 복용하라. 일단 짜릿한 칵테일 두 잔부터 마셔라. 그러면 당신을 기다리고 있을지 모르는 운명이 눈 앞에 펼쳐지면서 술기운이 확 달아날 것이다. 다음으로 유혹적인 마지막 잔을 입에 털어 넣어라. 그러면 즉시 구태를 벗어던지고 운동화를 찾아 신고 새 삶으로 달려갈 것이다. *(중략)*

> 더 찾아보기: 사교성이 없을 때, 약물을 끊을 때, 숙취로 고생할 때, 딸꾹질할 때, 성욕이 감퇴할 때, 일탈할 때, 땀이 날 때 *(37~38쪽)*

코로나로 인해 모임을 자제하던 지난 연말에 오랫동안 만나지 못하던 친구들과 회포를 풀겠다고 어렵게 가진 송년 모임에서 반가움에 그만 절제하지 못하고 주정꾼의 길로 여러 번 들어섰던 아찔한 기억이 있다. '처방전에 따라 위험한 습관인 술이 주는 허무함의 절규에서 벗어나 운동화를 신고 걸으며, 책에서 처방한 책을 찾아 읽어야지'라고 다짐했다.

소설은 스토리라인을 따라서 감정이입과 상상의 나래를 펼치며 다른 사람들의 삶을 훔쳐볼 수 있는 특별한 장르다. 사람 사는 이야기를 담은 경우가 대부분이라 열린 문틈 너머로 한 줄기 빛이 들어오는 경험을 할 때도 있다. 그러면 마침내 문이 열리고 독자는 문턱을 넘어서 다른 세계로 들어가게 된다. 소설의 이러한 관계 친화적 분야(rapport sector)에 주목한 연구도 있다. 캐나다의 요크대학에서는 다른 사람의 생각과 감정을 파악하는 능력과 의견이 다른 사람을 설득하는 능력이 소설을 이해할 때 사용하는 뇌 부위와 상당 부분 일치한다는 연구 결과를 발표하기도 했다.

『소설이 필요할 때』는 책의 홍수 속에서 소설을 읽고 싶은데 어디서부터 어떻게 시작하면 좋을지 몰라 갈팡질팡할 때, 힘들고 곤란한 상황일 때 유용한 내비게이션의 역할을 하는 책이다. 가정상비약처럼 책장 한 곳에 두고 필요할 때마다 찾아보는 치유의 소설 리스트. 아쉬운 점이라면 처방리스트에는 국내에 번역되지 않은 도서와 국내 작가의 도서가 많지 않다는 것이다. 눈이 밝은 출판사와 유능한 번역가들이 이 책을 참고한다면 일반 독자들은 덤으로 그 혜택을 받게 될지도 모른다. 아쉬운 대로 국내서나 이미 번역된 책들로 리스트를 꾸리고 점차 독서의 반경을 넓혀간다면 우리 책장은 더욱 풍성해질 듯하다.

 함께 읽으면 좋은 책

1. 『마르케스의 서재에서』 / 탕누어
2. 『끌리거나 혹은 떨리거나』 / 박일호
3. 『익명의 독서 중독자들』 / 이창현

서평가 **김승수**

아득한 곳에서부터 흘러온 하얀 배

『하얀배』 윤후명 지음

기후 위기, 시간이 얼마 없다

『한국의 논점 2022』 조천호, 김현우 외 지음

노인도 노인 취급은 싫다

『2022 대한민국이 열광할 시니어 트렌드』
고려대학교 고령사회연구센터 지음

나에게 서평이란?

서평이란 소화(消化)다. 책을 꼼꼼히 읽고 삭혀서 새로운 지식의 영양분을 독자들에게 제공하기 때문이다.

김승수

한국산림탄소협회 서울지부장. 토목을 전공하고 대기업 건설사에서 20년 동안 일하고 건설사를 설립해 23년 동안 운영했다. 퇴직 후에 오지랖 넓은 '세상 모든 문제 연구소'를 만들고 할리바이크 라이딩, 보트·요트, 무선통신사, 마술사, 바리스타, 댄스스포츠 교사, 드론파일럿 등을 체험하며 자격증을 취득하고 멋대로 'My Way'를 부르며 지그재그 인생을 살고 있다.
seungikl@naver.com

아득한 곳에서부터 흘러온 하얀 배

『하얀배』
윤후명 지음 / 문학사상사 / 1995

　윤후명의 『하얀배』는 1995년 제19회 이상문학상 수상 작품집에 실린 그해의 대상작이다. 이상문학상은 요절한 천재 작가 이상이 남긴 문학적 업적을 기리기 위해 1977년부터 매년 대상작과 우수작을 선정해 시상한다. 역사가 오래된지라 특이한 경우의 수상자들이 있다. 부녀(한승원, 한강)와 자매(김채원, 김지원)가 대표적인 예다. 이상문학상은 동인문학상, 현대문학상과 더불어 가장 권위 있는 문학상으로 알려졌다. (2020년부터 선정을 둘러싸고 시비와 잡음이 끊이지 않는 것은 안타까운 일이지만)

　윤후명 작가는 강릉에서 태어나 그곳에서 어린 시절을 보내고 대학에서 철학을 전공했다. 1967년 경향신문 신춘문예에 시 『빙하의 새』가 당선되어 시인으로 등단했고, 1979년 한국일보 신춘문예에 소설 『산역(山役)』이 당선되며 소설가로 활동하고 있다. 고희(古稀, 70세)를 훌쩍 넘은 나이에도 불구하고 언어의 탁마(琢磨)를 통해 삶과 사랑의 본질을 탐구하는 문학적 열정이 그치질 않는다. 대표적인 문학평론가 김윤식 선생은 "그의 문장은 빼어나고 빼어나서 견줄 사람이 없다"라고 평할 정도로 우리말이 가진 독특한 울림과 특유의 정서를 포개 놓은 독창적인 문학 세계를 구축해 오고 있다. 시집 『名弓(명궁)』 이외에 소설집 『부활하는 새』, 『여우 사냥』, 『가장 멀리 있는 나』 등과 장편소설 『별까지 우리가』, 『협궤 열차』, 『삼국유사 읽는 호텔』 등이 있다. 단편소설 『둔황의 사랑』, 『원숭이는 없다』, 『사막의 여자』 등이 각각 프랑스어, 중국어, 독일어, 영어 등으로 번역되어 해외에도 소개된 바 있다.

　『하얀배』는 윤후명 작가의 자전적 색채가 짙은 여로형 서정 소설로 분류된다. 책의 후반부를 도입부로 일부 가져와 호기심과 흥미를 자극하고 있다. 사이프러스 나무를 민족정신으로 삼아 그 나무 밑에서 고난을 견뎌온 민족을 생각하게 하는 일련의 기억을 통해 카자흐스탄을 다녀왔던 일을 회상하고 있다. 소설 속 주인공은 우연한 기회에 중앙아시아의 한 마을에서 한국어를 배우고 있는 '류다'라는 고려인 소녀가 쓴 '말 배우는 아이'라는 글을 읽고 그것이 계기가 되어 중앙아시아로 여행을 떠난다. 모든 사건은 우연히 발생하도록 작품을 구성하고 어쩔 수 없이 전개되는 이야기는 류다를 따라간다. 그러면서 지역의 특성과 자연을 묘사하고 유적을 소개하는 구성을 취하고 있어 읽다 보면 마치 그 지역을 실제로 여행하는 듯한 착각을 불러일으킨다. 중앙아시아에 사는, '고려인'이라 불리는 우리 민족은 일제강점기에 조국을 잃고 블라디보스토크를 중심으로 당시의 소련 극동지방에 흩어져 살며 질곡의 삶을 살았다. 갖은 고생 끝에 어렵게 기반을 잡고 살던 중 스탈린의 강제 이주 정책에 따라 난데없이 중앙아시아로 떠나 그곳에서 구덩이를 파고 갈대로 덮은 움막을 지어 생활하는 등 다시 갖은 고생을 겪었다. 그런 삶을 살면서도 조국의 언어를 지키고 전하려는 민족의 혼을 류다를 통해 표현하고 있다. 작품에는 소라가 파랑새로 변하고, 천산 위의 만년설이 이식쿨(호수)에 비춰 하얀 배가 되고, 하얀 새인 백조가 날아들도록 하는 등 작가는 모든 것에 날개의 비유를 달았다. 그것도 하얀 날개다.

　작가의 소설에 등장하는 주인공인 '나'는 카자흐스탄에서 한 소녀(문 류다)의 글을 평가해주고 한국 기관으로부터 기고해 달라는 부탁을 받는다. 나는 러시아로 가는 중에 스쳐 지나간다는 생각으로 카자흐스탄에 들러 그 소녀를 만나고 싶었다. 이렇게 된 것도 카자흐스탄 직항로가 생기면서 자연스럽게 결정한 일이다. 류다가 있으리라 생각했던 알마아타에 갔으나 다른 곳으로 이사한 후였다. 류다가 없다고 중앙아시아 여행을 그만두고 그대로 떠날 수가 없어 머뭇거리다가 그곳 한글 학교 선생님의 추천으로 1937년 우리 민족이 중앙아시아 땅으로 강제 이주해 처음 닿은 곳인 우슈토베를 방문한다. 그곳에서 한국어 교사의 소개로 류다 오빠의 친구 미하일을 만난다. 나는 특별히 의도하지 않았음에도 우슈토베에서 류다의 오빠 친구로부터 류다의 소식을 듣고 그녀를 놓치지 않고 추적하게 된다. 미하일을 통해 여행에 쓸 차량을 찾던 중 류다 오빠의 다른 친구 스타니슬라브 리를 만나 천산 바로 아래에 있는 바이칼 호수와 밑이 통해 있다고 전해지는 호수를 가보기로 한다. 유목민만 가끔 보이는, 낙타가시풀이 듬성듬성한 황야를 지나며 우리 민족이 처음 정착했던 움막의 흔적을 발견하기도 하면서 하루에 천리를 달린다는 천마(天馬)의 산지도 지나고 험준한 천산산맥도 지난다. 그곳에서는 소비에트 연방이 무너지고 난 후 공용어였던 러시아어 대신 자국어를 쓰면서 언어의 갈등을 겪고 있었다. 나는 결국 천산의 만년설이 비치고 하얀 새가 날아드는 키르기즈스탄 이식쿨 호숫가의 사이프러스 나무 밑에서 그녀를 만난다. 그곳에서 소수민족으로 자연의 열악함과 고난의 역사 속에서도 조국의 말과 글(안녕하십니까?)을 지키며 살아가는 것을 보고 돌아와 사이프러스 나무 밑 낡은 의자에 앉아 여행 중 겪었던 일을 회상하고 있다.

사이프러스 나무를 불러들여 그 나무가 상징하는 영원과 불멸, 굳건함을 민족정신으로 상정하여 소수민족이라는 열악한 환경 속에서도 꼿꼿하고 품위 있게 살아가는 고려인들의 삶을 그려내고 있다. 하얀 배, 하얀 새, 파랑새, 천마(天馬)는 우리 민족의 꿈과 희망, 기상을 암시한다. 소비에트 연방이 무너졌을 때 다른 강국들은 자국의 민족을 불러들였지만, 우리나라는 남이나 북이나 어느 쪽도 그렇게 하지 못했던 현실이 안타깝다. 작가는 국가와 국민에게 그들의 모국으로의 입국과 대한민국의 국민으로서 받아들일 것을 호소한다. 중앙아시아국가들은 소비에트 연방으로부터 정치적으로는 독립하였으나 생활이나 문화는 더 열악해졌다. 같은 생활권이면서도 각국은 독립 화폐를 사용하여 경제활동이 더 위축되었고, 공용어로 사용하던 러시아어에서 지역 언어로 바뀌면서 소통이 불편해졌다. 고려인은 그 지역의 언어를 다시 배워야 하는 혼란 속에서도 모국어를 잊지 않고 배우려고 갖은 애를 쓴다. 이식쿨 호수에서 사이프러스 나무와 하얀 배, 천산과 류다를 만나고 나는 이렇게 느낀다.

> 건너편의 천산이 내게 '안녕하십니까'의 새로운 의미를 알려주고 있다고 받아들여졌다. 멀리 동방의 조상 나라를 동경하며 하얀 배를 그리는 모습이 거기 있음을 알 수 있었다.
>
> (63쪽)

주인공은 우리말을 사랑하여 카자흐스탄 민족의 한 소녀가 보낸 글에 이끌려 결코 쉽지 않은 여행을 떠난다. 여행 중에 등장하는 사건과 사물과 풍경이 민족정신을 잘 나타내고 있으며 끝까지 이 정신을 놓치지 않고 우리말을 사랑하고 배우려는 소녀 류다를 통해 자연스럽게 이야기를 끌고 간다. 그러면서 소비에트 연방이 해체된 후 중앙아시아로 강제 이주한 우리 동포를 자국으로 받아들이지 못하는 현실을 안타까워한다. 어찌 보면 우리말을 사랑하고 민족정신을 이야기하는 철학적인 내용이지만 문체가 부드럽고 호기심을 자극하는 자연스러운 짜임새 덕분에 어렵지 않게 읽힌다. 『하얀배』는 시적인 문체와 독특한 서술방식을 통해 삶의 본질적인 쓸쓸함과 그리움을 예리하게 드러내고 있다. 무미건조하고 숨이 막힐 것 같은 현실에서 벗어나 소설로나마 잠시 아득한 곳까지 가서 서성이다 온 기분이 들게 하는 작품이다.

 함께 읽으면 좋은 책

1. 『원숭이는 없다』/ 윤후명
2. 『협궤열차』/ 윤후명
3. 『둔황의 사랑』/ 윤후명

기후 위기, 시간이 얼마 없다

『한국의 논점 2022』
조천호, 김현우 외 지음 / 북바이북 / 2021

　연말이 되면 다음 해 경제를 전망하는 책이나 트렌드 책이 유행한다. 대부분 단기간의 유행을 좇거나 가까운 미래를 내다보는 내용이 대부분이다. 2017년부터 매년 출간하는 『한국의 논점』은 조금 다르다. 한국 사회가 주목해야 할 어젠다를 분야별로 일목요연하게 정리하고, 전문가의 분석과 통찰을 바탕으로 대안을 제시하고 있다. 2021년 12월에 나온 『한국의 논점 2022』에서는 대선을 비롯해 많은 변화가 예상되는 임인년을 앞둔 한국 사회가 주목해야 할 논점을 40개의 키워드로 정리하고 지금 우리가 고민해야 할 지점을 짚어준다. 미래 예측서라기보다는 공론화를 염두에 둔 논쟁서에 가깝다.

　1부 'HARD POWER'에서는 정치와 경제, 평화라는 화두를 붙들고 대한민국의 미래를 바꿀 수 있는 거시적인 문제들을 다룬다. 2부 'SOFT POWER'에서는 불평등, 기후 위기, 행복(삶)이라는 키워드로 우리 사회의 구성원들이 관심을 가져야 할 의제들을 확인한다. 그중에서도 최근 코로나 팬데믹의 원인이자 배경이 되는 기후 위기 문제에 먼저 눈이 가는 것은 어쩔 수 없다. 2010년에 시작된 '아랍의 봄'은 가뭄으로 식량 가격이 오르면서 반정부 투쟁이 발생했고, 한국은 1980년 최고 기온이 24도에도 미치지 못하는 냉해로 흉년을 맞아 곡물 가격이 폭등했었다. 이런 문제는 산업구조를 면밀하게 분석하여 개선 방향을 모색하는 근시안적 해결책이 아닌 근본적 원인이 되는 문제를 찾아 해결하는 노력이 급선무다.

바이러스의 유행이나 요소수 대란 같은 상황은 환경오염이나 자연 파괴와 서로 얽혀 있다. '탄소중립' 선언으로 최근 더욱 사회의 논점이 된 '기후 위기'의 원인인 환경오염의 심각성을 따져 볼 필요가 있다. 책에서는 신재생에너지 생산량을 늘리고, 탄소를 흡수하는 산림을 보호·육성하며, 에너지사용을 스마트 그리드화 하는 등 사회시스템도 에너지 저감화를 목표로 할 것을 권장한다. 인간은 기후를 통제할 수 없지만, 기후는 인간을 통제할 수 있다. 원인을 알면 대책을 세울 수 있다. 그렇다고 시간이 많이 남아 있다고 생각하면 오산이다.

『한국의 논점 2022』의 '기후 위기'는 함께 쓴 사람의 면면이 다양하다. 조천호(경희사이버대학교 미래인간과학스쿨 특임교수),

김현우(에너지기후정책연구소 연구기획위원), 김선교(한국과학기술평가원 재직), 이현정(녹색정치LAB그레소장), 박용남(지속가능도시연구센터 소장), 남재작(농업기술실용화재단 기획조정실장), 장석준(정의당 부설 정의정책연구소 부소장) 등 기후 위기를 염려하고 이를 해결하기 위해 우리 사회 곳곳에서 다양한 활동을 벌이는 관련 분야의 전문가들이다.

그들이 책에서 말하는 내용은 이렇다. IPCC(Intergovernmental Panel on Climate Change, 기후변화에 관한 정부 간 협의체)의 6차 평가 보고서는 기후변화가 인간 때문이라는 결론을 내리고 있다. 이 협의체에서 '지구 온난화 1.5도'를 채택하고 지구가 산업화(1850~1900년) 이전의 온도보다 1.5도 이상 상승하지 않도록 지키자고 결의했다. 온실가스가 계속 증가하여 지구에 충격을 주면 이 충격이 누적되어 어느 순간에 기후계의 균형이 무너지고 급속히 변화하는 '티핑 포인트(Tipping Point)'에 도달한다. 티핑 포인트는 돌이킬 수 없는 순간을 의미하므로 이때는 지구가 회복 불가능한 위험에 처하게 되고, 돌이킬 수 없는 재앙이 되고 만다. 따라서 우리가 생활하면서 필연적으로 발생시키는 온난화의 주범인 탄소를 줄이거나 제거해야 한다.

인간에 의한 기온상승의 한계치를 막으려면 우리는 2050년까지 '탄소중립'에 도달해야 한다. 탄소중립이란 인간의 활동에 의한 온실가스 배출량을 획기적으로 줄이고 남는 배출

량과 흡수되는 온실가스량을 같게 해 순 배출량이 '0'이 되게 하는 것이다. 기온의 상승은 단순히 더워지는 것만이 아니라 가뭄과 식량부족, 동토의 붕괴로 인한 메탄 배출, 해수면 상승 등 심각한 문제가 연속적으로 나타난다. 급변하는 기후는 자연만 통제할 수 없게 하는 게 아니다. 사회불안, 정치갈등, 국경분쟁, 인종청소 등 도미노처럼 파괴적 충격을 일으킨다.

탄소배출을 막으려면 우선 더 스마트한 에너지로의 전환이 필요하다. 탈 석탄 화력, 탈 핵발전, 탈 가스발전을 선언하고 신재생에너지의 발전량을 확대하며 운송 수단은 전기나 수소 등의 에너지원을 사용하여 탄소배출을 감축 또는 차단해야 한다. 전력망은 '전기의 공급과 수요는 항상 일치해야 한다'라는 법칙에 따라 새로운 미래를 준비하기 위해 신재생에너지 전기방식에 맞는 스마트 그리드 네트워크 시스템으로 바꾸어야 하고 여유 전력을 저장할 수 있는 충분한 축전 시설도 확보해야 한다.

생활에 의한 필연적인 탄소 발생량은 탄소를 포집, 이용 및 저장할 수 있는 방법을 찾아 이를 상쇄시켜야 한다. 그 한 예로 국토의 67%나 되는 산림을 보호 육성하여 대기 중의 탄소를 흡수하고 산소를 배출함으로 공기를 정화하는 환경친화적인 방법으로 탄소를 저감하는 것이 있다. 문제는 국내 산림의 면적이 제한적이라 탄소 흡수원의 유지를 넘어 증진하려는 노력이 필요하다는 것이다. 저개발국에서도 산림 개발과 영림 사업을 시행하여 탄소 흡수량을 확보해야 한다.

현재 도시 위기의 핵심은 생물 서식지를 훼손해 촉발되는 감염병 위기와 온실가스 배출로 기후변화를 초래하는 것이다. 인간은 혼자 무인도에서 살지 못한다. 서로 연결되어 공생하는 것이 자연스럽다. 도시에 기후 친화적인 녹색 공간을 확보하고, 사람과 자연의 공정한 회복 전략으로 '도넛 도시'나 '15분 도시' 체제로 만들어 시민 일상을 탄소배출이 없는 도보나 자전거로 생활이 가능하도록 도시를 재구성하자는 아이디어도 나온다. 다소 불편하더라도 전기생산량을 늘리는 방법을 찾기보다는 전기 사용량 자체를 줄이는 방식으로 온실가스가 발생하는 양을 감축하는 것으로 생각을 바꿔야 한다. '1인당 온실가스 배출 발자국' 제도를 실행해 생활 온실가스를 줄이는 것도 한 방법이다.

도시개발에 따라 농지전용과 유휴지가 늘어 경작지가 주는 것도 문제다. 젊은이는 도시로 유입돼 농업의 고령화와 영농기술의 낙후로 이어진다. 식량 대란까지도 염려되는 상황이다. 이런 문제를 해결하기 위해서 환경문제와 더불어 영농 지원과 과학화, 집약 영농뿐 아니라 단위 농가의 영농규모 확대가 필요하다.

IPCC는 지구 온난화로 심각한 기후 위기가 점점 빈번하게 발생하는 것이 자연 변동에 의해서가 아니라 인간의 생활 때문이라고 분명히 규정한다. 2021년 현재 인간에 의한 기후변화 속도는 80만년(현생인류발생) 동안 자연적으로 일어난 가장 빠른 속도보다 이산화탄소는 100배, 기온상승은 10배나 빠르다. 문제는 그 변화량보다 변화 속도에 있다. 기후변화의 속도가 빨라지면 극단적인 날씨 변화와 재난 발생의 빈도가 더욱 증가한다. 한 보험회사의 조사에 따르면 1980년 약 250건이었던 재난성 날씨가 2019년 800건을 넘었으며 그 증가 속도가 더 빨라지고 있다고 한다. 그린란드의 빙하 유실 속도도 최근 20년 사이에 약 6배나 빨라졌다. 이는 기온상승으로 인류의 생존기반이 무너지는 것을 의미한다.

　　또 다른 티핑 포인트는 아마존 열대 우림이다. 인간에 의한 환경파괴로 열대 우림이 1분에 축구장 3개 크기가 없어지는 속도로 사라지고 있다. 인류의 위험 대응 체계는 경험한 적이 없는 갑작스러운 위험이 아니라 패턴을 알 수 있는 점진적인 위험을 막기 위해 구축되어 있다. 한국의 에너지 소비는 1980년부터 20년간 매년 7% 이상씩 증가하다 최근에는 2.7% 정도로 낮아졌지만, 아직도 높은 수준으로 증가하고 있다. 그중 탄소 배출량이 많고 비중과 역할이 가장 큰 전력의 증가율은 4.5%다. 발전량으로는 석탄화력이 37%, 핵발전이 29%, 가스발전이 25%, 신재생에너지가 7% 정도다. 환경문제를 고려하면 에너지 정책은 더욱 스마트해져야 한다. 이런 상황에서 한국은 에너지의 안정적인 수급과 기후 위기 대응이라는 숙제를 동시에 풀어야 한다. 핵발전은 위험성이 커 대안이 될 수 없고 신재생에너지가 유력한 대안이라 제안한다.

그러나 신재생에너지 발전은 기술력의 부족과 발전량의 불규칙, 광활한 시설면적의 확보로 자연을 훼손해야 한다는 문제점이 있다. 운송 수단도 내연기관을 배제하고 전기나 수소차로 교체해 탄소배출을 저감해야 한다. 전기의 송·배전도 더욱 스마트 그리드화 해서 에너지 손실을 방지하고 사용의 효율성을 높여야 한다. 기술과 제도 측면에서 에너지 설비 총량 확보보다는 관리와 운영을 통해 에너지 사용량을 줄이는 방법으로 해결하도록 스마트해져야 하고 최소한의 생활 배출 탄소는 산림의 탄소 흡수 등으로 상쇄하는 것이 바람직하다. 기존의 대규모 도시가 아닌 지속 발전이 가능한 도시로 전환해 차량을 이용하지 않고 도보나 자전거로 이동하는 등 생활 환경을 바꾸는 노력도 필요하다.

지구는 인간의 역사를 위한 배경과 착취의 대상이 아니라 인류 문명의 예측할 수 없는 파괴적인 행위자가 될 것이다. 인간 활동이 증가할수록 지구에 더욱더 영향을 미친다고 생각하겠지만, 오히려 지구는 인간에게 그 이상의 제약을 가한다. 인류는 기후를 통제할 수 없지만, 기후는 인류를 통

제할 수 있기 때문이다. (279쪽)

프란치스코 교황은 "신은 누구나 언제든지 용서하고, 인간은 때때로 용서한다. 그러나 자연은 절대 용서하지 않는다."라고 말했다. 기후변화로 인한 재앙을 후손에게 물려주지 않도록 더 늦기 전에 자연의 경고를 깊이 받아들여야 할 것이다.

『한국의 논점 2022』의 '기후 위기'는 전반부에서는 기후 위기를 설명하고 후반부에서는 그 당위성과 대책을 제시하고 있다. 그러나 석탄화력과 핵발전을 폐지하고 신재생에너지만으로 전기 총량을 생산한다는 대안에는 선뜻 동의하기 어렵다. 전력공급은 연속성이 있어야 하는데, 일시에 광활한 지역을 훼손해야 하는 신재생에너지(태양광 또는 풍력)만으로는 문제를 해결할 수 없다고 본다. 탄소배출이 전혀 없는 핵 발전시설을 병행해 탄소중립과 연속적인 전기 공급이라는 문제를 해결할 수 있지 않을까. 한국은 성능이나 안전성에서 세계 최고 기술은 물론 소형모듈 핵발전(SMR) 기술도 확보하고 있기에 핵발전으로 탄소중립과 지속적인 에너지 공급에 기여할 수 있다고 생각한다.

아울러 이 책은 탄소배출의 감축만 강조하고 흡수에 대해서는 간과하는 경향이 있다. 이미 배출된 탄소를 어떻게 줄

여야 할지도 고민해야 한다. 온실가스를 포집하고 압축해 저장하고 이용하는 상쇄 방법은 비용과 기술 면에서 요원하다. 그 대안으로 산림 탄소 흡수를 위해 산림을 보호·육성하고 산림경영인에게 탄소 흡수량의 거래가 가능하도록 법제화하는 노력이 시급해 보인다. 이렇게 탄소 흡수원의 유지 및 증진을 독려하면 탄소흡수량은 자연적으로 늘어난다. 에너지 생산 총량을 확보하는 데만 역점을 두지 말고 사용량을 줄이는 방법 또한 다른 기후 위기 대책의 접근 방법이라는 생각이 든다.

기후 위기 문제는 매년 사안의 심각성을 점점 더 강렬하게 몸으로 실감하고 있다. 저자들은 기후 위기와 탄소중립이 필요한 이유를 통계수치로 예를 들어 설명하여 신뢰와 이해를 높인다. 우리가 직면하고 있는 기후위기 문제에 관해 기술하고 이에 대한 대책도 제시하여 흥미롭게 읽힌다. 기후 위기는 현재보다 미래에 발생할 문제가 더 크기 때문에 그 심각성을 간과하기 쉽다. 계속되는 환경오염을 누적시켜 방치하면 기후 위기로 이어져 그 피해가 미래 세대에게 고스란히 가기 쉽다. 『한국의 논점 2022』에서 제기하는 치열한 논쟁에 귀 기울이고 머리를 함께 맞대고 대안을 찾는 노력이 그 어느 때 보다 필요한 지금이다.

함께 읽으면 좋은 책

1. 『파란 하늘 빨간 지구』 / 조천호
2. 『정의로운 전환』 / 김현우
3. 『에너지로 바꾸는 세상』 / 김선교 외 6인

노인도
노인 취급은
싫다

『2022 대한민국이 열광할 시니어 트렌드』
고려대학교 고령사회연구센터 지음 / 비즈니스북스 / 2021

해가 바뀔 무렵이면 다음 해의 사회변동과 경제상황을 내다보는 책들이 많이 쏟아져 나온다. 소위 경제전망서나 트렌드 예측서라고 불리는 책들이다. 언제부터인지 시니어를 주제로 한 책들도 부쩍 많아졌다. 고려대학교 고령사회연구센터에서 출간한 『2022 대한민국이 열광할 시니어 트렌드』도 그중 하나다. '새로운 소비권력 5070의 취향과 욕망에서 찾은 비즈니스 인사이트, 에이지 프렌들리'라는 부제를 달았다.

책을 낸 고려대학교 고령사회연구센터는 고려대학교 글로벌 일본연구원의 산하 기관으로, 고령사회를 마주한 한국의 기업, 정부, 개인에게 대안을 제시하기 위해 활발한 연구를 하는 곳이다. 국내 유수 기업에 시니어 비즈니스 사례 연구의 결과를 제공하여 도움을 주거나 고령사회의 인식을 조사하고 이에 관련된 교육사업도 병행하고 있다. 이런 사업들이 신사업 개발과 성과에 크게 기여하면서 화제가 되기도 했다.

이동후 대표 저자는 연구센터장으로 대학에서는 법학을, 대학원에서는 저널리즘으로 학위를 취득하고, 언론사에서 기업정보 및 경제 분야에서 일했다. 그 외에도 일본과 중국의 고령자와 청년 계층의 고립 문제를 연구하거나 서울시가 진행하는 은둔 청년 지원사업을 총괄하는 일을 맡은 여러 전문가가 저자로 참여했다. 저자의 면면을 보면 알 수 있듯이 선진 서방은 물론 시니어 비즈니스 분야에서 앞서가는 일본, 중국의 시니어 프렌들리 비즈니스를 연구하며 그 모델을 예로 설명한다. 2022년을 맞이하면서 대한민국에 적합한 트렌드를 찾고 시니어의 욕구에 부응하는 서비스와 제품을 제시하고 있다. 지금 대한민국 사회에서 화두가 되는 고령화 현상과 이에 대한 대책을 융합 학문의 시각에서 종합·분석해 그중 시니어가 원하는 것이 무엇인지 제시하고 있다.

우리나라도 고령사회로 진입했으나 시니어를 위한 정부나 기업의 대책은 볼 수가 없다. 서울시만 해도 인구의 22%에 해당하는 224만 명이 50+세대다. 아직도 세상은 나이가 드는 것에 대한 인식과 표현의 총칭이 되어버린 '노령담론'에서 벗어나지 못하고 있다. 14세기 이슬람의 위대한 학자 이븐 할둔(Ivn Khaldun)의 4세대 패턴에 따르면 세상은 '혁명 세대'가 지나 '질서의 세대’, ‘실용의 세대’, ‘냉소의 세대’로 순환한다. 과학과 의학이 발달하면서 위생과 의식 수준이 높아져 수명이 늘면서 네 가지 패턴이 공존하게 되었다. 혁명의 시대는 이전에는 없던 색다른 가치관이 등장하는 것이 더 중요한 특징이다. 이렇게 시대의 변화도 진화한다는 의미다.

역사는 살아있는 생물이다. 저자들은 우리가 살아가는 시대는 세 번째 세대가 끝나고 네 번째 세대 초입에 들어선 것으로 보고 있다. 짧은 기간에 세대가 전환되기도 하므로 4개 세대가 한 시대에 공존할 수도 있다. 시대가 변함에 따라 발생하는 출산율의 저하와 수명의 연장은 가히 충격적이다. 통계청에 따르면 1958년의 출생인구는 95만 명이지만, 실제 출생인구는 100만을 넘었을 것으로 추정된다. 그런데 2019년의 출생인구는 27만 2,300명이다. 출산율이 저하되면서 노령 인구의 비중이 점점 증가하고 있는 것이다. 더욱이 마우로 기엔은 자신의 책 『2030 축의 전환』에서 ‘2030년에 이르면 전 세계에서 60세 이상의 시니어는 35억 명에 달할 것’이라고 예상했다.

활동적인 시니어를 일컫는 용어 오팔(Opal)세대가 있다. ‘Old People with Active Life’의 약자다. 바로 이들이 시니어를 대표하는 ‘엑티브 시니어(Active Senior)’라고 한다. 이들은 모두 은퇴했거나 은퇴를 앞둔, 사회 경력이 풍부하고 경제력과 소비력을 갖춘 세대이다. 지금도 많은 이들이 사회에서 여전히 왕성한 현역으로 활동하고 있으며 경제력도 상당하다. 그런 이들은 시장에서 주요 공략대상인 젊은 노인들(Young Old)로 불린다. 시니어들이 사회 구석에서 국가의 도움이나 바라며 나약하게 늙어가는 시대는 끝났다. 이들은 더 오래, 더 강력하게 시장에 영향력을 미치며 목소리를 높이고 있다.

『2022 대한민국이 열광할 시니어 트렌드』는 나이 드는 것에 대한 인식과 표현의 총칭으로 '노령담론(Narrative Aging)'을 언급하고 있다. 과거에는 시니어층이 '단일한 동질특성을 가진 인구집단'으로 인식되었다. 노인은 가련하고 일은 할 수 없고 몸도 아프며 여러 문제를 지닌 세계로 들어간다는 의미다. 여기서 노인의 삶은 매우 정형화되어 있다. 노인은 신체 능력이 떨어지고 질병에 취약하며 경제력이 줄고 컴퓨터나 모바일 등 새로운 기술에 대한 흡수도 느리다. 답답하고 굼뜬 부적응자란 인식이 강하다. '노령담론'은 여기에 실업과 능률주의 개념을 포함하며 더욱 공고해졌다. 실직은 재난이며 노인은 영구적 실직의 운명을 맞는다.

농경사회에서 노인은 경험과 지혜의 상징이었다. 그러나 산업화가 본격화되고 능률주의를 표방하면서 기업, 연구기관, 정부 등 모든 분야에서 고령층은 배척되었다. 나이 든 사람은 젊은이들에게 자리를 비켜주는 게 더 이롭다는 인식이 만연하기 시작했다. '노령담론'에서는 노인을 인간이 아니라 고장 난 존재로 여긴다. 이러한 사고방식에서 만들어진 상품과 서비스가 노인에게 맞을 리 없다. 시니어는 폭발적으로 늘어나고 있다. 이제 '그들을 위해 어떤 상품과 서비스를 만들 것인가?'가 산업계의 화두가 될 것이다. 그런 만큼 천편일률적인 '노령담론'을 폐기하고 국가와 기업과 시장은 강력한 세력으로 대두하는 액티브 시니어층을 공략해야 한다. 노령층에 대한 세밀한 배려 없이 편의나 제공하고 단조로운 제품과 서비스를 제공해서는 안 된다. 저자들은 에이지 프렌들리라는 대전제하에 향후 몇 년간 우리 사회를 강타할 시니어 트렌드를 추렸다. 인식을 바꾸지 않으면 시장이 보이지 않기 때문이다.

중국은 2020년 인터넷이나 스마트폰 사용에 익숙하지 않은 시니어를 위해 음성으로 티켓을 구매할 수 있는 서비스를 제공하는 등 1년 동안 모든 인터넷 서비스를 바꾸는 운동을 전개해 괄목할만한 결과를 얻었다. 또한 일본도 2012년 이후 스마트폰 보급률의 급증으로 사용하기 쉬운 앱을 개발해 시니어 SNS의 천국으로 변했고, 세컨드 라이프를 즐기는 액티브 시니어 고객을 사로잡았다. 이처럼 시니어가 원하는 것은 따로 있다. 국가와 기업과 시장은 막강한 권력이 된 노령층을 위해 이들의 욕구에 따라 제품과 서비스를 제공해 줘야 한다.

노인도 노인 취급은 싫어하며 각기 다른 욕망을 지닌다. 노인은 애완견이나 어린애가 아니다. 그러나 우리나라의 기업과 시장은 아직 시니어 시장을 파악하거나 적극적으로 대응하지 못하고 갈피조차 못 잡고 있다. 시니어가 원하는 것이 따로 있는데 그것을 해결해 줄 제품과 서비스가 없어 시니어층은 주머니를 열지 않는다. 효율과 속도만이 숭상받는 시대에 변화와 적응이 떨어지는 고령층은 시장에서 배제해 버리면 그만일까? 키오스크 주문대 앞에서 난감해하고, 설 기차 입석은 대부분이 노령층이다. 온라인 전용 서비스 대신 '에이지 플렌들리' 제품과 서비스를 제공해야 한다. 이메일 사용하기, 문자보내기, 모바일 뱅킹에서 본인 인증을 하거나 송금 등을 할 수 있도록 시급히 인터넷 교육도 해야 한다.

미국 퓨리서치센터(Pew Research Center)는 75세 이상 노인들을 대상으로 설문조사를 했다. 그 결과 응답자 중 35%만 '나는 늙었다'고 인정했다. 노인들 상당수는 자신이 늙었다고 생각하지 않는다. 물론 누구나 늙는다. 그러나 동시에 늙고 싶지 않다. 지금의 젊은 세대들은 나이가 들고 나서 자신이 늙었다는 것을 인정하게 될까? 깊이 생각해볼 주제가 아닐 수 없다. (33쪽)

이 책에는 100가지 '에이지 플렌들리 비즈니스 모델'도 실렸다. 수많은 시니어 소비자들은 스스로가 시장과 기업으로

부터 소외되었다고 느낀다. 그들은 필요한 제품과 서비스만 있다면 기꺼이 지갑을 열 의향이 얼마든지 있다. 그런 와중에 이들의 필요를 읽는 에이지 프렌들리 기업과 비즈니스 모델은 시장의 환영을 받고 입지를 넓히고 있다. 이들이 무엇을 어떻게 하고 있는지도 소개한다.

세계에서 가장 빠른 속도로 늙고 있는 대한민국은 지금 당장 '에이지 프렌들리'시장을 공략해야 한다. 고령화에 대한 대책은 우리 사회의 매우 시급한 문제이지만 아직 대응이 미흡한 과제이다. 그런 점에서 이 책은 소비시장의 주축이 된 시니어를 비즈니스 관점에서 어떻게 바라봐야 할지에 대한 가이드라인을 제시한다. 세계 자산의 절반 이상을 보유하고 있으며 역사상 가장 강력한 구매력을 가진 시니어층의 출현은 기업이 마주해야 할 현실이며 동시에 시니어는 적극적인 소비자로서 이 시대의 주역이 될 것이다. 그런데도 시니어 세대에 대한 관심과 연구가 MZ세대에 비해 열악한 것이 현실이다. 금융·건강·관계·문화·주거 등 전반적인 라이프 스타일에 대한 시니어의 욕망을 좀 더 자세하게 들여다보는 노력이 필요하다.

『2022 대한민국이 열광할 시니어 트렌드』는 단순히 고령화에 대한 사회적 담론을 넘어 앞으로의 사회변화를 대비하고 시니어 라이프가 가진 효용성에 대한 강력한 통찰을 주장하고 있다. 오랫동안 기다려온 시니어 트렌드를 다룬 역작으로 고령화에 관심을 가진 학자, 정책입안자, 기업인들은 물론 일반인들도 꼭 읽어봐야 할 필독서다. 향후 몇 년 안에 모든 것이 바뀔 것이다. 빠르게 고령화되어가는 우리에게는 선택이 아니라 필수다. 우리가 시간을 내 이 책을 읽어야 할 이유가 분명해진다.

 함께 읽으면 좋은 책

1. 『시니어 마케팅의 힘』 / 전우성, 문용원, 최종환
2. 『맥락을 팔아라』 / 정지원, 원충열, 유지은
3. 『2030 축의 전환』 / 마우로 기엔

서평가 **노준민**

내가 블랙스완이다

『블랙스완』 나심 니콜라스 탈레브 지음

뼈만 추리면 산다

『살아온 기적 살아갈 기적』 장영희 지음

죽음의 여의사가 추천하는 인생 레시피

『죽음의 순간』 엘리자베스 퀴블러 로스 지음

『인생 수업』
엘리자베스 퀴블러 로스, 데이비드 케슬러 지음

『상실 수업』
엘리자베스 퀴블러 로스, 데이비드 케슬러 지음

『생의 수레바퀴』 엘리자베스 퀴블러 로스 지음

나에게 서평이란?

열정 가득한 저자들의 이야기를 느껴보라는 듯 끝없이 밀려오는 파도를 벗 삼아 짧지만 긴 여운이 남는 서핑이다.

노준민

화학공학을 전공했지만 정작 인간의 심리적 화학반응에 더 관심 많은 남자 사람이다. 환경설비 설계, 주식 매매, 보험설계, 봉안당 분양, 죽음준비교육 등의 경험에 서평을 더했다. 웰빙, 웰엔딩, 웰라이프를 연구하고 나눔하는 별별학교를 만드는 것이 꿈이다.
4rang119@naver.com

내가
블랙스완이다

『블랙스완』
나심 니콜라스 탈레브 지음 / 차익종 옮김 / 동녘사이언스 / 2008

    지난 2001년 9월 11일 미국 뉴욕의 110층 세계무역센터(WTC) 쌍둥이 빌딩과 워싱턴의 국방부 건물에 가해진 항공기 동시다발 자살테러 사건은 수많은 사람의 생명을 앗아갔고 상징적인 두 건물이 순식간에 사라지면서 추모와 기억의 장소로만 남게 되었다. 2008년에는 미국발 금융 위기 사태로 주식이 폭락하며 세계적인 금융 혼란을 겪었다. 현재 진행형인 신종 코로나바이러스 감염증(코로나19)으로 인해 수백만 명이 목숨을 잃었으며 지금, 이 순간에도 치료를 받거나 변이 코로나로 감염되어 세계 경제를 암울하게 하고 있다. 코로나로 인해 당연하던 일상과 생활방식이 크게 바뀌며 코로나 이전과 이후의 세계로 우리 삶을 나눠놓고 있다. 미래 세상은 또 얼마나 어떻게 변화할까.

『블랙스완 - 0.1%의 가능성이 모든 것을 바꾼다』는 뉴욕 월스트리트의 투자전문가이자 철학자, 역사가, 수학자로 알려진 나심 니콜라스 탈레브가 미국 금융의 중심인 월가에 엄청난 위기가 닥칠지 모른다는 내용을 경고한 책이다. 2007년 처음 출간 후 업계의 이단아로 혹평을 받았지만 1년여 만에 호평으로 바뀌었고 현자로 부상하기도 했다. 세계적인 이목이 쏠린 이후 일종의 '후기'라고 할 수 있는『블랙스완에 대비하라』가 별도로 출간되었지만, 지금은『블랙스완 - 위험 가득한 세상에서 안전하게 살아남기』(동녘사이언스, 2018, 개정증보판) 한 권으로 묶었으니 저자의 메시지는 더욱 효과적으로 전달될 것이다.

　이 책은 18세기 오스트레일리아 대륙에 건너간 새의 깃털 색깔을 연구하는 교수가 '검은색 고니'를 발견한 사건에서 가져온 은유다. 오랜 기간 세상에는 백조만 있다고 생각했는데 그 고정된 관념이 한순간에 깨져버린 것이다. 이렇듯 '자신이 알고 있는 정보가 항상 맞다'라는 생각은 하지 말라고 충고한다. 저자는 특히 은행가와 금융기관, 강단에 서는 경제학자들의 말을 믿지 말고 하물며 TV도 보지 말라고 한다. 언론도 믿지 말고 그들의 말에 현혹되지 말고 이성적 판단력을 키우라고 조언한다.

　나심은 투자전문가로서 금융 관련 이야기로 시작했지만 철학, 역사, 경제학, 경영학, 물리학, 수학, 행동심리학 등을 아우르며 기존의 관념적 오류들을 신랄하게 파헤치고 반박한다. 책의 구성은 인문학적인 것에서 시작하여 과학적으로 전개되는데 제1부와 제2부 초반에서는 심리학으로, 제2부 후반부와 제3부에서는 경영과 자연과학으로 이어진다. 특이하게도 결론은 짧고 간결하다. 후반부에 나오는 자연과학 분야의 내용이 눈에 잘 들어오지 않더라도 논리의 큰 줄기를 파악하며 읽다 보면 저자의 주장이 무엇인지 알 수 있다.

『블랙스완』은 무작위성에 대한 우리 인간이 가지고 있는 맹목성을 지적한다. 사실만을 인정하고 저장하려는 인간 속성의 한계를 제시하며 깨우쳐 준다. 다른 말로 하면 '우리는 우리가 모른다는 사실을 모른다'라는 것이다. 또 성공한 사람과 실패한 사람의 차이를 실력이나 능력의 차이보다는 '운'이라고 말한다.

> 강조할 점은, 내가 우리가 얼마나 알고 있는가를 따지자는 것이 아니라, 우리가 실제로 아는 바와 알고 있다고 생각하는 것의 차이를 평가하고 있다는 사실이다. 내가 사업을 하겠다고 결심했을 때 어머니께서 해주신 충고가 생각난다. "너의 능력을 믿되, 네가 확신하고 있는 것 혹은 확신한다고 느끼는 것을 비판적으로 봐야 한다." *(244쪽)*

살아오면서 어떤 사업을 하면 괜찮겠다고 생각되는 일이 있을 것이다. 하지만 용기를 주거나 응원을 하기보다는 '이래서 힘들어, 저래서 안 돼' 등 부정적인 이야기로 조언을 구하는 예비사업자의 힘을 쏙 빼는 경우가 많다. 부정적 견해보다 사업에 대한 생산적인 비판이 필요한데 말이다. 블랙스완을 불확실한 미래라고 정의하며 매우 안정적일수록 블랙스완과 만날 수 있는 확률이 높다고 한다. 그러므로 항상 비판적인 관점에서 생각하고 대비해야 한다. 위험을 회피할 수 있는 대안을 염두에 두라는 것이다. 네 글자로 정리하면 유비무환(有備無患)이다.

『블랙스완』에서 제시하는 주장은 증시의 대폭락 가능성과 국제 금융 위기를 경고하는 내용으로 가득하다. 하지만 블랙스완은 부정적이거나 힘들게 하는 것만을 의미하지는 않는다. 레코드판, 테이프에서 CD를 지나 휴대용 저장장치, 가상 저장장치 등으로 발전하듯 과거의 뛰어난 제품들이 신개념의 블랙스완에 의해 퇴출되었다. 유선에서 무선으로, 카폰에서 휴대폰으로 도약하고 현실 세계를 초월한 메타버스(metaverse)로 세상이 더 커지고 있다. 필름에게 블랙스완은 디지털의 출현이지만, 이로 인해 세상은 새로운 세계로 진화했다. 포스트 코로나 시대도 블랙스완이고 신개념의 스타트업 기업이 성장해 블랙스완이 되기도 한다. 블랙스완은 모두가 예상하지 못하는 또 다른 세상을 만드는 가능성이기도 하다.

블랙스완은 우리 곁에 항상 존재한다. 임신, 출생, 결혼, 취업, 실업, 퇴직, 질병, 사고, 죽음 등 수많은 사건이 블랙스완이라고 할 수 있다. 『블랙스완』은 경제 분야 도서로 분류되지만 지나온 삶을 성찰하고 자신이 처한 환경을 점검하여 미래를 준비하도록 도와주는 인문학 도서라고 불러도 손색이 없다. 이 책을 펼친 이유이기도 하다. 인생도 하나의 기업과 다르지 않다. 내가 주인이며 직원이고 내가 결정하고 책임지는 운영체이다. 지금의 인생에 안주하지 말고 블랙스완에 대비하자. '0.1%의 가능성이 모든 것을 바꾼다'라는 책의 부제처럼 지금은 미약하고 작은 존재일지라도 가능성이 없다고 단정 지을 수는 없다. 안주하면 뒤집힐 수 있다고 경계하게 하고, 불확실한 미래를 대비하게 하며 그 변화의 중심에 내가 설 수 있는 용기를 키워준다.

내가 블랙스완이다.

 함께 읽으면 좋은 책

1. 『행운에 속지마라』 / 나심 니콜라스 탈레브
2. 『안티프래질』 / 나심 니콜라스 탈레브
3. 『스킨 인 더 게임』 / 나심 니콜라스 탈레브

『살아온 기적 살아갈 기적』

장영희 지음 / 샘터 / 2010

내 인생에 커다란 사건 중의 하나는 아버지와의 사별이다. 초등학교 6학년 시절부터 약국과 병원을 가까이하시더니 고등학교 1학년 늦가을에는 가족들로부터 영영 멀어졌다. 아픈 아버지와 한집에서 살다 보니 집에서는 늘 말과 행동이 조심스러울 수밖에 없었다. 그런데 학교에서는 청소년들이 도덕적으로 재무장해야 한다는 선도적 성격의 동아리 활동을 활발하게 하면서도 일명 '불량학생모임'에서 밤늦게까지 어울리는 등 이중적이고 반항적인 사춘기를 보냈다. 그러면서 늘 마음 한구석에 질문 하나를 품고 살았다. "어떻게 살아갈 것인가?"

1970년 4월에 창간한 <샘터>는 평범하지만 수많은 이들의 진솔한 삶과 따뜻한 이야기를 전하며 행복과 용기, 그리고 희망을 전하는 작지만 큰 울림을 주는 잡지다. 『살아온 기적 살아갈 기적』은 2000년 이후 월간 샘터에 '새벽 창가에서'라는 제목으로 연재된 글들을 모은 책이다. 저자 장영희는 2000년까지 샘터에 연재되었던 이야기를 모아 『내 생애 단 한 번』(2021 개정)을 출간해 2002년 올해의 문장상을 받았다. 이후 안식년과 암 투병을 거쳤다가 일상으로 돌아왔지만, 다시 암이 발병해 암과 싸우며 힘든 나날을 보냈다. 『살아온 기적 살아갈 기적』은 저자의 순탄치 않았던 생애 마지막 9년의 모습과 생각을 담은 에세이다.

저자는 서강대 교수이자 번역가, 칼럼니스트로 활동했고 중·고등학교 영어 교과서를 집필하기도 했다. 인터넷 포털사이트에서 검색하면 구글에서는 번역가, 네이버에서는 수필가, 다음에서는 대학교수라고 저자를 소개하고 있다. 그러나 일반 독자들은 '장영희'라는 이름에서 삶의 소중한 가치를 발견할 수 있는 쉽고 편안하면서도 아름다운 문장을 길어 올렸던 수필가를 먼저 떠올린다. 태어날 때부터 소아마비에 걸린 저자는 장애가 있다는 이유로 남들은 생각지도 못할 어려움을 겪으며 서강대 영어영문학과에 입학했다. 졸업 후 국내 박사과정 입학이 거절되어 그때부터 영어공부를 시작해 1년 만에 미국 뉴욕주립대학으로 유학길에 오른다. 유학 시절 거주하던 건물의 엘리베이터가 고장 나 당시 7층에 살고 있던 저자는 건물을 관리하는 회사를 상대로 정상적인 학문 활동과 사교활동을 할 수 있도록 다른 건물로 옮겨 달라고 요청한 일이 있었다. 이 일은 '미국 장애인들의 본보기가 된 동양에서 온 어느 장애인 여교수의 투쟁'이라고 대서특필되었다. 결국 보스턴 최대의 부동산 회사는 잘못을 인정했고 약간의 보상은 물론 장애인 세입자에 대한 특별한 배려까지 약속받게 되었다. 그렇게 당당하게 요청할 수 있는 용기는 어디에서 나오는 것일까? 『살아온 기적 살아갈 기적』을 읽다 보면 견디기 힘든 아픔을 건강하고 당당하게 바꿀 줄 아는 삶의 자세가 느껴져 저절로 옷깃을 여미게 된다.

> 그렇습니다. 중요한 것은 믿음입니다. 우리가 사랑하는 사람들이 이곳의 삶을 마무리하고 떠날 때 그들은 우리에게 믿음을 주는 것입니다. 자기들이 못다 한 사랑을 해주리라는 믿음, 진실하고 용기 있는 삶을 살아주리라는 믿음, 서로서로 이해하고 받아주리라는 믿음, 우리도 그들의 뒤를 따를 때까지 이곳에서의 귀중한 시간을 헛되이 보내지 않으리라는 믿음-그리고 그 믿음에 걸맞게 살아가는 것은 아직 이곳에 남아 있는 우리들의 몫입니다. *(52쪽)*

아버지에게 보내는 '20년 늦은 편지'에서 말하는 것처럼 개인의 죽음은 믿음을 통해 다시 태어난다. 떠나간 이의 사후 세계가 있을지 없을지 확인할 수는 없지만, 그 사람의 죽음 뒤에 벌어지는 변화된 세상은 분명히 있다. "죽으면 아무것도 없는 거지, 허망한 거야, 끝인 거야"라며 인생의 덧없음과 죽음을 그저 소멸하는 것으로 생각하는 어느 인생 선배의 말씀은 나에게 죽음을 그렇게 단순하게 생각하지 않도록 알려줘야 한다는 의무감을 갖게 한다. 저자의 아버지가 모셔져 있는 모 공원묘지 입구에 쓰여 있는 '나 그대 믿고 떠나리'라는 글처럼.

프롤로그에서 책 제목 짓기에 대한 이야기로 문을 열었지만, 제목을 선정하는 과정을 통해 저자 스스로 책을 평가하고 있다. 명확한 부분별 소제목은 없지만 1편에서는 다시 시작하는 마음, 어려워도 괜찮다고 다독이는 마음, 과거를 보내고 오늘을 맞이하는 마음 등을 엿볼 수 있다. 2편은 부족하고 충분하지 못했지만 잘했다고 표현하는 모순의 형용법을 빌어 오늘의 고난과 역경도 내일이라는 희망을 만드는 비료가 되니 그런 오늘을 사랑하며 살자고 한다. 3편은 책 제목과 같이 '살아온 기적, 살아갈 기적'으로 시작하며 자신의 정체성과 삶을 대하는 핵심 비법을 스스로 찾아가는 시간이다. 4편에는 자유로운 영혼으로 미래가 가져올 축복과 비록 세상을 다 변화시킬 수 없는 작은 손이지만, 그만큼 세상에 도움을 줄 수 있는 나로 남아 있기를 바라는 소원이 담겨있다. 길지 않은 글들을 모은 책이라 편하게 잘 넘어간다. 물론 짧아서가 아니고 화려하지 않은 단어들로 꾸밈없이 있는 그대로 표현되는 글귀들이 단막극처럼 생생하기 때문이다.

나쁜 운명을 깨울까 봐 살금살금 걷는다면 좋은 운명도 깨우지 못할 것 아닌가. 나쁜 운명, 좋은 운명 모조리 다 깨워가며 저벅저벅 당당하게, 큰 걸음으로 걸으며 살 것이다, 라고. (232쪽)

2001년 유방암 발병 후 회복, 2004년 척추암 발병 후 회복, 2008년 간암 발병 등 연이은 암의 발병과 치료를 위한 수술, 방사선치료, 항암치료 속에서 지내온 저자의 삶은『살아온 기적 살아갈 기적』이라는 제목과 같은 이야기를 온몸으로 말하고 있다. '네가 누리는 축복을 세어보라', '창가의 나무', '나는 아름답다', '나의 불가사리' 등 이미 살아온 기적을 축복하여 살아갈 기적을 이뤄낸다는 아름답고 희망 가득한 이야기가 담겨있다. 그러나 안타깝게도 저자는 2009년 4월 말까지 병상에서 손수 마지막 교정까지 했으나 인쇄까지 마친 5월 8일에는 이미 의식을 잃어 출간된 책을 만져볼 수 없었다고 한다.

"아무리 운명이 뒤통수를 쳐서 살을 다 깎아 먹고 뼈만 남는다고 해도 울지 마라. 기본만 있으면 다시 일어날 수 있다. 살이 아프다고 징징거리는 시간에 차라리 뼈나 제대로 추려라. 그게 살길이다." (141쪽)

일제강점기 때 태어나 6.25 전쟁 중에 아들딸을 잃고 남은 자식들과 함께 100년 가까이 살아내신 이 땅의 어머니, 아버지들이 살아온 많은 나날이 모두 기적이다. 그분들은 "뼈만 추리면 산다."라는 저자의 어머니 말씀처럼 사셨나 보다. 혹여 일찍 떠나가신 아버지와 어머니들도 있겠지만 그분들의 살아온 기적이 자녀들에게 살아갈 기적이 된다. 삶의 여유가 넉넉하지 않아도 많은 경험이 쌓이면서 우리는 그렇게 기적을 만들며 살아간다. 살아온 나날이 기적이고 그 기적으로 살아갈 나날을 만드는 새로운 기적의 순환길을 보여주는 작은 이야기로 독자들에게 큰 기적을 안기는 책이다.

사는 게 힘들다는 말을 유난히 더 많이 듣게 되는 요즘, 우리는 어떻게 살아가고 있으며 어떻게 살아내고 있는가? 자본이 정신까지 잠식하고 물질이 세상을 지배하고 있는 이 시대에 사람과 사람 사이를 뜻하는 인간은 어떻게 살아가야 할까? 가뜩이나 코로나 대유행으로 공동체나 이웃을 외면하고 각자도생의 논리로 살다가 자칫 길을 잃을까 걱정되는 요즘이다. 높아지기 위해서 먼저 깊어지고 싶은 이들에게 이 책과 함께 저자의 첫 번째 에세이 『내 생애 단 한 번』도 읽어보기를 권한다.

 함께 읽으면 좋은 책

1. 『내 생애 단 한 번』 / 장영희
2. 『이 아침 축복처럼 꽃비가』 / 장영희
3. 『미안해 고마워 사랑해』 / 신달자

『죽음의 순간』
엘리자베스 퀴블러 로스 지음 / 김진욱 옮김 / 자유문화사 / 2000

『인생 수업』
엘리자베스 퀴블러 로스, 데이비드 케슬러 지음 / 류시화 옮김 / 이레 / 2006

『상실 수업』
엘리자베스 퀴블러 로스, 데이비드 케슬러 지음 / 김소향 옮김 / 이레 / 2007

『생의 수레바퀴』
엘리자베스 퀴블러 로스 지음 / 강대은 옮김 / 황금부엉이 / 2008

미국으로 향하던 비행기가 이슬람 과격 테러 단체에게 납치를 당한 후 뉴욕 한복판에 서 있던 110층짜리 쌍둥이 빌딩인 세계무역센터와 미국국방부 펜타곤에 충돌했다. 2001년 9월 11일에 일어난 일이다. 재산피해는 차치하더라도 2,977명의 무고한 목숨을 앗아갔고, 지금도 무역센터 자리에 마련된 추모공간에서 유가족의 눈물은 끊임없이 흐르고 있다. 누구도 예상하지 못한 일이고 그런 일이 일어나리라고 아무도 상상할 수 없었기에 그들의 죽음을 막을 수도 없었다. 9.11 테러는 세계적인 경제 불황을 초래했다. 국내 주식시장도 수직으로 폭락하며 내 주식계좌도 그 영향을 벗어나지 못했다. 금융위기를 예측해 '월가의 이단아', '월가의 현자'라는 별명을 얻은 나심 니콜라스 탈레브가 주장한 '블랙스완'이 경제적 죽음이라는 현실로 나에게 다가온 사건이다.

우리가 죽음에 관한 모르는 것 세 가지가 있다. '언제 죽을지, 어디서 죽을지, 어떻게 죽을지' 모른다. 아마도 이 세 가지를 알고 있다면 세상이 달라 보일 것이고 아마도 지금과 다른 삶을 살게 될 가능성이 크다. 반면에 이미 알고 있는 것이 있다면 '우리는 언젠가 죽는다'라는 것이다. 그것은 우리보다 먼저 죽은 이들을 통해 잘 알고 있는 사실이다. 하지만 죽게 된다는 것을 알고 있으면서도 우리는 죽음을 회피하며 현재의 삶에 대한 집착으로 하루하루를 산다. 기네스 공식 세계기록에 따르면 지금까지 가장 오래 산사람의 나이는 122세이다. 인간이 진시황의 꿈처럼 영생불멸의 존재가 된다면 행복한 삶을 누릴 수 있을까? 봉안당 분양 업무를 하기 위해 유족들과 상담하면서 죽음에 대한 지적 충족 욕구가 발동했다. 그리고 관련 학과를 다니며 죽음학 책을 찾아 읽기 시작했다. 엘리자베스 퀴블러 로스는 그렇게 내 마음계좌에 들어왔다.

엘리자베스 퀴블러 로스는 정신의학자이고 호스피스운동의 선구자이며 '20세기 100대 사상가'로 뽑힐 정도로 정신의학 분야에서 선구적인 인물로 알려져 있다. 1926년 스위스에서 태어나 2004년 78세의 나이로 눈을 감기까지 죽음을 앞둔 병든 어린이, 에이즈 환자, 노인들을 위해 헌신적인 의료 활동을 펼쳤다. 1969년 '죽음의 5단계'를 최초로 소개한 『죽음의 순간』은 질병과 죽어감에 대해 이해할 수 있게 해준 책으로 죽음을 앞둔 사람들의 이야기에 귀 기울이며 그들이 평화로운 마음으로 자신의 삶을 정리하도록 도움을 준 첫 번째 책이다. 죽음을 앞둔 인간의 심리를 자세히 살펴볼 수 있고 환자와 가족, 의료진과 봉사자들의 대응 방법 등을 제시한 죽음학의 기본서이다. 대표작인 『인생 수업』, 『상실 수업』 등은 죽음을 앞둔 이들을 통해 삶의 의미와 목적을 발견하도록 해주었고 삶과 죽음에 관한 생각을 바꾸어 놓았다.

'부분타우수'라는 말이 있다. 죽음과 관련된 학과생이나 자격증 수험자들이 꼭 외워야 할 다섯 글자이다. 죽음을 앞둔 사람들이 겪는 정서적 심리단계인 '죽음의 5단계'의 첫 글자만 모아 놓은 말이다.

제1단계는 부정과 고립이다. 자신이 죽을병에 걸렸다는 사실을 처음 알았을 때 바로 인정하는 사람은 아무도 없을 것이다. 제2단계는 분노의 상태다. 부정했지만 병을 인지하기 시작하면서 분노와 광기, 원한의 감정을 표현한다. '왜 많은 사람 중 하필이면 나일까?', '내가 무슨 죄가 있다고 이 고통을 겪어야 하는가?'이다. 환자도 힘들지만, 가족과 병원관계인들도 매우 힘든 시기이다. 제3단계는 타협 또는 협상, 거래의 단계로 현재 상황에서 바꿀 수 없음을 인정하지만, 신이든 의사든 흥정을 통해서라도 죽음의 시각을 늦춰보고 싶은 마음이다. 제4단계는 우울이다. 시한부 환자로 모든 것을 잃게 된다는 상실감에 슬퍼하고 자신의 나약함에 우울해진다. 제5단계는 수용의 단계인데 자기 죽음을 받아들이며, 주변에 관한 관심도 차츰 잃어간다. 오히려 마음의 평화를 찾아 혼자 있고 싶어 하고, 바깥세상의 소식들에 대해 궁금해하지 않는다. 이제 영원히 눈을 감는 것은 시간문제일 뿐이라고 생각하는 시기이다.

수용의 단계는 '포기'와 다르며 마음의 평화를 찾았다고 해서 '행복한 상태'라고 이해하면 안 된다. 마침내 긴 여행을 끝내고 편안히 쉬어야 할 때가 왔다는 생각이 드는 것일 뿐이다. 그리고 이 시기에는 품위와 독립심을 유지하게 하고 더 나아가 남은 생에 대한 가치를 심고 행복이라는 열매를 거두도록 기다려야 한다. 이 말은 저자의 제자이면서 공저자인 데이비드 케슬러가 『상실수업』후기에서 제시한 제6단계 '의미회복'단계와 같은 맥락이다.

'죽음의 5단계'는 순서대로 진행되지 않으며 어느 단계로 건너뛰기도 하고 다시 반복하기도 한다. 안타까운 것은 부정이나 분노의 단계에서 수용의 단계로 넘어가지 못하고 임종을 맞이하는 경우다. 『죽음의 순간』은 말기 환자들과의 인터뷰를 통해 죽음을 앞둔 환자 자신과 가족, 시한부 환자들을 대하는 의사와 간호사, 그리고 그 환자들 곁에서 도움을 주는 성직자와 임종시설 봉사자 모두에게 죽음과 대면하는 방법을 스스로 생각하도록 한다. 죽음을 앞둔 상황에서 단계별로 어떻게 대응해야 하는지 알려주고 있기에 옆에 두면 언젠가 꼭 한번은 펼쳐야 할 책이다.

원서의 제목은 『On Death and Dying』이다. 『죽음의 순간』과 『죽음과 죽어감』은 절판되었고, 『죽음과 죽어감 : 죽어가는 사람이 의사, 간호사, 성직자, 그리고 가족에게 가르쳐주는 것들』로 재출간되어 여전히 사람들에게 도움을 주고 있다. 만약 죽기 전에 단 한 권의 책만 읽을 수 있다면 서슴지 않고 『죽음의 순간』을 선택할 것이다. 덧붙여 저자가 말기 환자들의 돌봄에 관한 700여 회의 워크숍과 강연, 세미나에서 나온 질의와 응답에 관한 내용을 모은 『죽음과 죽어감에 답하다』도 함께 읽으면 좋다. 죽어가는 이들을 돌보는 사람들과 그 가족들에게 매우 유용한 지침이 되는 책이다.

『인생수업』은 수백 명의 말기 환자들로부터 '인생에서 꼭 배워야 할 것들'을 받아 적은 배움과 깨달음의 책이다. 인생과의 작별을 눈앞에 둔 그들의 마지막 삶에서 추출한 이야기는 빛나는 보석으로 가득 차 있다. 죽음에 관한 공부와 죽음준비교육 강사로 활동했지만 '당신은 오늘 무엇을 배웠는가?'라는 책 표지의 질문에 내 눈동자는 잠시 갈 데를 찾지 못하고 허둥댔다.

그것들은 두려움, 자기 비난, 화, 용서에 대한 배움입니다.

또한 삶을 받아들이는 것에 대한 배움, 사람과 관계에 대한 배움입니다. (중략) 세상을 더 깊이 이해하고 자기 자신과 더 평화롭게 지내는 것을 의미합니다. "난 내 삶이 불완전하기 때문에 더 즐겁다."라고 누군가는 말했듯이, 삶의 배움을 얻는다는 것은 삶을 완벽하게 만드는 것이 아니라, 있는 그대로 삶을 받아들일 줄 알게 되는 것입니다. (중략) 아무도 당신이 배워야 할 것이 무엇인지 알려 줄 수 있는 사람은 없습니다. 그것을 발견하는 것은 당신만의 여행입니다. (『인생수업』, 19쪽)

부부싸움은 칼로 물 베기라는 옛말이 있지만, 현실은 그렇지 않다. 서로를 비난하며 화라는 불구덩이에 빠지기 십상이다. 상대의 아픈 곳을 건드리고 서로의 가슴에 못을 박으며 치열하게 전투를 치른다. 한참을 싸운 후에야 겨우 찬바람으로 이성을 깨우며 자신에게 묻는다. '두려운가?', '그토록 비난받을 정도인가?', '용서할 수 없는가?' 인간은 완전하지 않다고 인정하면서도 완전한 사람이 될 수 있다는 착각으로 살아간다. 어려울 때는 인내하며 자신을 발전시키고 두려울 때는 괜찮을 거라고 믿는 것을 배우라고 『인생수업』은 가르친다. 이미 자신들의 미래를 바꿀 수 없는 사람들의 말이기에 더욱 값진 메시지이다.

엘리자베스 퀴블러 로스와 데이비드 케슬러가 삶에서 꼭

배워야 할 것들을 정리한『인생수업』이 죽음을 맞는 사람들의 인터뷰를 통해 받은 메시지라면,『상실수업』은 남겨질 사람들에게 전하는 메시지이자 가르침이다. 저자가 뇌졸중으로 힘겹게 병상 생활을 할 때 저자의 한마디 한마디를 데이비드 케슬러가 기록한 책이다.

『상실수업』은 저자가 그동안의 활동과 연구, 경험자로서 상실을 처음 예감하게 되었을 때, 그리고 마침내 상실했을 때, 상실 이후 기약 없는 치유의 시간까지, 남겨진 자들의 슬픔과 허무에 관해 조언하고 위로해주는 수업이다. 시련을 통해서 내일을 만들 수 있고, 절망 속에서 빨리 빠져나오려고 노력하지 말고 충분히 절망을 안아봐야 한다고 이야기한다. 그리고 느껴지는 감정들을 부인하는 것을 멈추고, 전부 숨김없이 드러내놓으라고 한다. 거쳐야 할 애도 과정을 온전히 경험해야 한다는 것이다.

남겨진 사람들은 사랑하는 사람을 잃게 된 이유가 자신 때문이라고 스스로 탓하며 자기 비난에 빠지곤 한다. 이럴 때 주변인들은 그런 생각을 하지 말라며 위로의 말을 건넨다. 그런데 저자는 후회할 만큼 후회하라고 강조한다. 그리고 '상실'이 '모두 끝났다'라는 의미가 아닌 '아직도 계속되고 있다'라는 것을 깨닫게 해준다. 치유의 시간이 남아있으며 또 다른 만남과 상실의 연속으로 인생을 살아내야 하기 때문일 것이다.

치유의 선물을 받기 위해서는 슬픔을 완전히 겪어야 한다. 밖으로 나갈 유일한 방법은 그것을 통과하는 것뿐이다. 그리고 그것을 지연시킬 수는 있지만 건너뛸 수는 없다. (중략) 슬프면 자신이 그 슬픔을 느끼게 하라. 분노와 실망에게도 이같이 하라. 하루종일 울어야 한다면 그렇게 하라. 상처를 억누르거나 또는 표현할 정도로 충분히 아물지 않았는데 인위적으로 꺼내려고 하는 것만 피하면 된다. 여기서 얻어야 할 것은 고통을 느끼고 난 후 찾아오는 해방감을 느끼는 것이다. (『상실 수업』, 154쪽)

'우리는 언제 죽을지, 어디서 죽을지, 어떻게 죽을지 모른다.' 이것이 죽음을 맞이할 당사자의 경우라면, 남겨질 자는 언제, 어디서, 어떻게 상실과 만날지 모른다. 몇 년 동안의 병환 끝에 떠나신 아버지의 장례를 치르는 동안 내 눈엔 눈물이 많지 않았다. 하지만 나는 홀로 아버지의 묘소에서 상실과 자주 만나고 있었다. 상실을 경험한 모든 이들이 그렇지만 특히 코로나 대유행으로 상실의 슬픔을 제대로 표현하지 못하며 사랑하는 이를 보내야만 했던 사람들에게 『상실수업』은 더없이 필요한 책이다.

엘리자베스 퀴블러 로스는 죽어가는 사람들의 이야기인 『죽음의 순간』으로 시작해 그들이 남기고 간 인생에서 배워야 할 것들을 『인생수업』으로 알려주었고 그들이 떠나간 뒤

남겨진 사람들을 위해『상실수업』을 강의했다. 그리고는 생을 정리하듯 삶과 죽음, 행복, 사랑에 관한 저자의 이야기와 함께 가르침을 주는 책 한 권을 더 남겨 주었다.『살아온 기적 살아갈 기적』의 저자 故 장영희 교수의 마지막 추천작인『생의 수레바퀴』이다. 인생수업과 상실수업이 평범한 구성으로 임종 예정자들의 죽음과 삶에 관한 이야기를 전했다면 생의 수레바퀴는 사계절에 맞추어 생쥐, 곰, 들소, 독수리를 소제목으로 정하고 자신의 이야기를 동물과 견주듯 풀어냈다. 죽기 직전에 남긴 자서전이지만 단순한 개인의 인생이야기에 국한되지 않은 것은 더 말할 나위도 없다.

이 책은 말년에 뇌졸중으로 쓰러져 몸이 마비된 채 9년 동안을 휠체어에 의지해 죽음에 직면해 있는 상황에서 쓴 자전적 기록이다. 죽음 연구자로서 풀어놓은 삶의 무게와 깊이는 누구의 이야기와도 비교할 수 없다. 저자는 의사, 호스피스운동가, 전쟁 난민을 돕는 자원봉사자, 편견과 차별에 대항한 투사, 그리고 영성가로서 오로지 타인을 위해 점철된 삶을 살았다. 그가 '20세기의 100대 사상가'에 뽑힌 것은 오히려 부족한 대우가 아닐까 하는 생각이 들 정도다.

저자는 나치수용소의 유대인들이 가스실로 가기 전날 밤을 보낸 막사의 벽마다 나비가 그려져 있어서 무척 궁금했다고 한다. 25년이 지난 후에야 답을 찾은 저자는 '그 의미는 죽으면 지옥 같은 곳을 벗어날 수 있다는 사후세계에 대한 메시지'라며, 죽음이 영원과 만나는 '새로운 여정'을 상징한다고 한다. 나비는 고치 속 애벌레와 다른 차원에서의 '탄생'이고, 현실이라는 고치를 벗어난 '자유'이며, 원하는 세상으로의 '희망'이라고 할 수 있다.

나비가 된 사람들은 날아갔지만, 떠나는 나비의 모습은 남은 자들의 삶을 변화시키기도 한다. 인간에게 죽음은 매우 두렵고 슬픈 것이다. 그러므로 영생불멸의 삶을 꿈꾸기도 하겠지만 지루할 것 같은 불멸보다는 죽음이 있어서 삶은 더 가치가 있고 풍요로워지고 행복해질 수 있다. 엘리자베스 퀴블러 로스와의 만남으로 수레바퀴 같은 인생에 죽음을 주재료로 준비하고 상실과 함께 갖은양념을 버무린 행복을 만들어 희망 고픈 이웃에게 나눠주는 모습을 상상해본다.

 함께 읽으면 좋은 책

1. 『잘 살고 잘 웃고 좋은 죽음과 만나다』 / 알폰스 데켄
2. 『품위 있는 죽음의 조건』 / 아이라 바이오크
3. 『마흔에서 아흔까지』 / 유경

우물쭈물하다가 여기까지

『반퇴의 정석』 김동호 지음

지피지기면 백전불태

『부의 대이동』 오건영 지음

나에게 서평이란?

명상과도 같다. 호흡하고 오로지 나를 찾지만, 그곳에서 함께할 수 있는 원동력을 가진다. 서평은 나에게서 우리로 가는 길목이다.

서창희

금융기관에서 35년간 근무했다. 퇴직 후에는 재미와 유쾌함을 지닌 노년 플래너와 50+캠퍼스의 강사로 변신해 은퇴자산관리, 창업컨설팅을 하고 있다. 한국 시니어 플래너 협회 회원으로 미래교육원에도 출강하며 활발히 활동하고 있다.
nandy11114@naver.com

우물쭈물하다가
여기까지

『반퇴의 정석』
김동호 지음 / 중앙북스 / 2017

　중국의 진시황은 불로장생을 꿈꾸며 평생 불로초를 찾아 헤맸지만 50세를 넘기지 못하고 죽었다. 2009년 유엔은 세계 인구 고령화 보고서에서 2020년 평균수명이 80세를 넘는 국가가 무려 31개국으로 급증할 것으로 내다봤고, 이를 '호모 헌드레드 시대'로 정의했다. 2015년 2월 23일 타임지의 표지에는 '지금 태어난 아이들은 142세까지 살게 될 것'이라는 기사가 실린 적도 있다. 젊은 청춘이 늘어 난 것이 아니라 60세 이후의 삶이 연장된 덕분이다. 문제는 조기 퇴직이 심각해지는 사회 분위기다. 50대 중반에도 미치지 못하는 실질 정년 시대 이후의 삶을 행복하고 여유롭게 살 수는 없을까? 고민이 깊어지는 대목이다.

　은퇴는 직임에서 물러나거나 사회 활동에서 손을 떼고 한가히 지내는 것을 말한다. '반퇴'라는 말도 등장했다. 퇴직을 해도 자신의 능력을 지속적으로 활용하여 일하는 인생 이모작의 시기를 뜻한다. 『반퇴의 정석』은 2015년 '반퇴시대'라는 신조어를 만들어 낸 김동호 중앙일보 논설위원이 한국인이 직면한 고령화와 백세시대의 새로운 대처법을 제시한 책이다. '나이 먹어도 돈 걱정 없는 인생을 사는 법'이라는 부제답게 퇴직에 앞서 미래에 대한 막연한 불안감을 가진 세대들에게 행복하고 풍요로운 노후를 위하여 나침반 같은 역할을 한다.

백세시대를 담담하게 받아들이자는 마인드의 정석, 노후준비는 빠를수록 좋다는 인생설계의 정석, 내 돈은 내가 굴린다는 재테크의 정석, 경력을 리모델링하는 재취업의 정석 등 7개 부문으로 연금, 보험, 주식의 기본개념부터 상속과 증여에 이르기까지 노련한 재테크의 실천 방법을 상세하게 알려준다.

반퇴시대에 이모작은 필수가 됐다. 경제적으로 안정이 돼 있다면 여행이나 취미 활동, 자원 봉사를 해도 좋지만 실상 경제적으로 자유로운 은퇴자는 많지 않다. 현업 시절 쌓은 전문성과 능력에 걸맞게 이모작을 모색해야 한다. 은퇴 크레바스에 대한 대비도 필요하다. 크레바스는 빙하시대에 발생한 거대한 균열이다. 퇴직 직후 소득이 줄어들거나 일을 그만두게 되면 상실감과 우울증에 빠질 수도 있다. (25쪽)

변화에 적응하기 위해서는 다섯 가지 노력이 필요한데 첫째, 새로운 기술변화에 적응해 끊임없이 스킬을 업그레이드해야 한다. 둘째, 멀티 커리어에 도전할 수 있어야한다. 셋째, 평생학습에 순응해야 한다. 넷째, 새로운 지식을 끊임없이 받아들이는 능력이 필요하다. 다섯째, 출신 배경이 다른 사람들과 협력하는 능력이 필요하다. 협업하고 융합할 수 있는 역동적인 4차 산업 혁명 시대에 적응하는 인재가 될 수 있다.(215쪽)

대한민국은 2017년 8월에 총 인구 중에서 65세 인구비중이 14퍼센트를 넘어서는 고령사회로 진입하였고, 2026년에는 65세 이상 인구가 천만 명에 이르는 초고령 사회가 될 것으로 보인다. 이렇게 고령화가 급속도로 진전되면 멀지 않아 인력난을 겪게 될 게 뻔하다. 퇴직 후 30여 년을 보내야 하는데 노후 준비가 쉽지 않게 될 게 분명하다.

자고 일어나면 부동산 가격이 올라가고 여기저기서 가상화폐로 수백억을 벌었느니, 어쨌니 하는 소문이 파다하다. 천만 원으로 백억 벌기 하는 주식 투자 모임도 생겨나는 등 영끌('영혼까지 끌어모으다'를 줄인 말)까지 동원해 투기를 조장하는 사회 분위기도 만연하다. 이런 가운데 혹시라도 세상의 흐름에 나만 뒤처지거나 소외되는 것 아닌가 하는 두려움을 느끼는 포모증후군(FOMO Syndrome)을 호소하는 사람들도 많아졌다. 나도 금융기관에서 30년 넘게 근무하고 퇴직한 지 5년쯤 되었다. 퇴직 동료들과 여행이나 운동을 함께 하는 모임에 전처럼 자주 나가지 못하는 것은 코로나 상황도 있지만 얄팍한 지갑 사정도 한몫한다. 당장 먹고 살기도 바쁜데 미래를 준비하기가 녹록지 않다. 하지만 노후 준비는 빠를수록 좋다. 은퇴 자산준비가 빠를수록 유리한 이유는 화폐의 시간가치와 복리의 마법 때문이다.

은퇴 준비는 책에서처럼 7개 부문의 정석처럼 잘 준비한 사람과 그러지 못한 사람과의 차이는 시간이 흐를수록 더 심해지는 듯하다. 시니어의 리스크는 건강, 관계, 경제활동과 밀접하다. 그중에서 경제활동은 줄어드는 일자리 리스크도 있지만 같은 일을 하더라도 소득이 감소하는 것이 문제다. 인생 1막은 주된 일자리, 2막은 재취업 일자리, 3막은 사회 공헌 일자리로 삶의 의미와 보람을 촘촘하게 받쳐주는 일거리, 활동거리가 필요하다.

유엔이 발표한 연령 구분을 보면 18~65세는 청년, 66~79세는 중년, 80~99세는 노년이라고 한다. 66세가 되어야 중년이라는 소리를 겨우 들을 수 있는 셈이다. 은퇴 이후에도 소비생활과 여가 생활을 즐기며 사회생활에도 적극적으로 참여하는 5060세대를 지칭하는 '액티브 시니어', 노년층의 백발을 의미하는 그레이(grey)와 전성기를 뜻하는 르네상스

(renaisssance)의 합성어로 노년층이 적극적인 소비층으로 떠오른 현상을 뜻하는 '그레이네상스'는 물론 건강한 체력을 바탕으로 젊은이 못지않은 활동력을 보이는 '노노족(No老족)'이라는 신조어도 탄생했다. 이런 시대적 환경과 분위기를 의식하면서 이 책을 읽는다면 보다 활동적이고 여유로운 노후를 맞이하는데 도움이 될 듯하다.

영국의 극작가 겸 소설가이자 독설적인 비평가였던 버나드 쇼가 자신의 묘비명에 '우물쭈물 하다가 내 이렇게 될 줄 알았네'라고 쓴 것처럼 갈피를 잡지 못해 우왕좌왕하다가 스스로가 원하는 것이 무엇인지도 모른 채 인생을 허비하고 싶지 않다면 정신을 바짝 차려야 한다. 『반퇴의 정석』은 퇴직을 앞둔 중장년층과 경제적 자립을 통해 빠른 시기에 은퇴하려는 파이어족 등 경제적 자유와 시간적 자유를 모두 얻고자 하는 사람들 누구에게나 필요한 책이다. 고등학생 때 항상 곁에 두고 달달 외우던 『기본 수학의 정석』을 대하듯 언제든 열어보며 인생의 노후를 건너는 참고서로 활용하기에 맞춤한 책이다.

 함께 읽으면 좋은 책

1. 『끝난 사람』 / 우치다테 마키코
2. 『반퇴시대 나침반』 / 김용현
3. 『반퇴혁명』 / 명대성

『부의 대이동』

오건영 지음 / 페이지2북스 / 2020

　코로나19는 하루아침에 우리 일상을 모두 바꾸어 놓았다. 2020년 3월, 코로나가 주식시장에도 영향을 끼치는 바람에 내 주식 투자 잔고는 하루 사이에 마이너스 40%를 기록했다. 1997년 IMF 때 달러/원 환율이 2,000원 하던 시절과 2008년 금융위기를 겪었던 기억이 떠올랐다. 다행히 한 달여 지나 글로벌 팬데믹 상황에 막대한 유동성을 풀면서 주식시장은 안정을 되찾아 다시 상승장이 되었다. 주변에서 주식 종목을 알려 달라, 미국 시장에서 ㅇㅇ주식이 계속 오른다는 데 어느 종목이 가장 좋은 수익을 냈느냐, 금값이 오른다는데 지금이라도 종로3가에 나가서 금을 사야 하느냐? 등의 질문이 많아졌다. 각종 매스컴에서 특히 경제 관련 유튜브가 급격히 늘어났고 어디를 가더라도 삼삼오오 모여 주식 이야기를 하는 사람이 많아졌음을 피부로 느낄 수 있다. 주식 이야기를 하면 투자로 받아들이지 않고, 또 주식시장에서 돈 번 사람을 보지 못했다는 등 '그들만의 리그'라고 했던 시대가 가고 너도나도 주식시장에 뛰어들면서 동학개미, 주린이, 코린이 등의 신조어도 생겨났다.

'달러와 금의 흐름으로 읽는 미래 투자 전략'이라는 부제를 단 『부의 대이동』은 위기 속에서 돈이 계속 풀려나오는 상황에서 세계의 돈이 지금 어디로 흘러가고 있는지, 또 앞으로 어디로 흘러갈 것인지 변화된 돈의 흐름을 짚어준다. 경제 유튜브 '삼프로 tv'에 출연하여 어려운 거시경제를 쉽게 풀어주며 오백만 조회 수를 기록한 신한은행 오건영 부부장이 저자다. 저자는 신한 AI Advisory 본부. 신한금융지주 디지털전략팀과 신한은행 WM사업부 등을 두루 거치며 글로벌 매크로 마켓에 대한 풍부한 경험을 쌓았고 신한금융그룹 내 매크로 투자 전략 수립, 대외 기관·고객 컨설팅 및 강의 등의 업무를 수행했다. 신사임당, 김미경TV, KBS라디오, MBC 등 유명 경제 채널에도 출연하는 등 거시경제 전문가로 활발한 활동을 하고 있다.

이 책은 모두가 주식과 부동산에 관심을 가지는 이때 여전히 급변하는 세계정세 속에서 코로나 이후 달라질 부의 흐름으로 주목해야 할 자산으로 달러와 금에 주목하면서 실물화폐인 금과 기축통화인 달러를 통해 글로벌 거시경제의 흐름을 알기 쉽게 설명하고 있다. 기초지식편에서 돈의 흐름을 읽는 환율과 금리에 대한 이해와 부동산, 채권, 주가 등 유기적인 관계를 친절히 설명한다. 달러 투자편에서는 궁극의 안전자산인 달러로 포트폴리오를 보호하라는 조언을 하고 있고 금 투자편에서는 초저금리의 장기화 시대에 황금의 시대가 돌아왔다고 말하며 위기에 강한 자산에 투자하라는 최종 정리편까지 조목조목 자세하게 설명한다. 자산의 움직임을 역사와 함께 풀어나가고 있어 일석이조의 경제 필독서로 읽힌다.

> 역사를 공부하는 이유는 시험을 보기 위해서가 아니라 과거를 통해 현재 우리의 위치를 알고 현재에 대한 명확한 인식을 바탕으로 최적의 미래를 그려나가기 위함이라고 생각합니다. 저는 이 책에서 지난 100년의 역사 흐름 속에서 금과 달러가 어떻게 경쟁했는지 다루어 보려 합니다. (10쪽)

'그들만의 리그'에서 오가는 어려운 말이 아니라 평범한 언어로 대화하듯이 소통하고 싶었다는 저자의 말대로 구어체로 쓴 덕분에 가독성이 뛰어나다. 경제 용어의 개념뿐만 아니라 역사적인 흐름과 함께 세계의 돈이 어디로 흘러가는지가 명확하게 머리에 들어온다. 과거와 미래는 끊임없이 연결되어 있다. 1930년 대공황부터, 1997년 IMF, 2001년 9.11 테러, 2008년 글로벌 금융위기, 지금의 코로나 이후까지 실물화폐로서의 금의 위상과 달러 속의 세계 경제의 변화까지 넘나든다. 저자는 '자산은 생물이고 살아 있는 생물체'라고 말하며 미래는 예측하는 것이 아니라 준비하는 것이라고 충고한다. 상황은 매일 새로운 모습으로 변하기 때문에 어제의 예측이 맞을 수도 있고 틀릴 수도 있다. 또 사람마다 투자 스타일이 다르기에 환율의 방향은 예측하기 어렵고 단기적인 투자 수단보다는 주기적으로 조금씩 모아가면서 경제 위기에 대비할 수 있는 수비수로 달러를 활용하면 좋을 것이라고 말한다.

메리츠 자산운용 '존 리' 대표는 '주식 투자는 선택이 아닌 필수'라고 한다. 전설적인 투자의 귀재 '워렌 버핏'은 '투자의 제1원칙은 절대로 돈을 잃지 마라다', '제2원칙은 제1원칙을 잊지 마라다', '위험은 자신이 무엇을 하는지 모르는 데서 온다'라고 말한다. 자신에 대한 투자와 관리가 가장 중요하다는 뜻이다. 책에서는 인플레 공포를 넘어 다음 스텝을 준비하라는 조언도 빼놓지 않는다. 물가와 성장이라는 두 축으로 네 가지 시나리오를 제시하고 포스트 코로나 이후 시장 전망과 구체적인 주식 공부 방법까지 곁들여 설명하고 있다. 여전히 어려운 시장에서 살아남기 위해서 우리는 무엇을 해야 할까? '지피지기 백전불태(知彼知己 百戰不殆)'라고 했다. 급변하는 시장 속 기회를 찾는 법에 대한 정확한 정보와 풍부한 지식을 담은 『부의 대이동』을 항상 곁에 두고 틈날 때마다 펼쳐보며 소액이라도 안전한 투자를 통해 포트폴리오를 구성하여 글로벌 팬데믹 시대에 자신의 자산을 지켜나가면 좋을 듯하다.

 함께 읽으면 좋은 책

1. 『부의 시나리오』 / 오건영
2. 『돈의 심리학』 / 모건 하우절
3. 『부의 추월차선』 / 엠제이 드마코

서평가 **윤경숙**

중국, 어디까지 가봤니?

『변방의 인문학』 윤태옥 지음

오롯한 독서의 즐거움에 빠져든다

『끌리거나 혹은 떨리거나』 박일호 지음

나에게 서평이란?

친환경 유기농 현미밥이다. 친환경 유기농 현미로 지은 밥은 섬유질이 많아 꼭꼭 씹어 먹어야 한다. 그래야 제대로 맛을 느끼고 영양을 고스란히 흡수할 수 있다. 마찬가지로 서평도 책을 꼼꼼히 읽어야 한다. 정독하고 서평을 쓸 때 유익함이 온전히 남는다. 현미밥을 먹는 것처럼.

윤경숙

대학병원 사무원으로 39년째 재직 중이며 정년을 2년 6개월 남겨두고 있다. 병원 창구에서의 에피소드와 일상의 경험을 네이버 블로그(내 마음에 오솔길)에 기록한다. 최근에는 서평 글쓰기에 빠졌다. 작정하고 책을 읽어야 할 이유가 생겨서 좋다.
ydvisa@naver.com

중국, 어디까지 가봤니?
- 변방에서 중원으로, 중국 인문 기행

『변방의 인문학』
윤태옥 지음 / 시대의창 / 2021

코로나19가 여행자의 발을 묶었다. 1년 기한의 중국 복수 비자를 받자마자 코로나가 터졌고 중국 근처에 가보지도 못한 채 비자의 기한이 만료되었다. 대신 스마트폰 갤러리를 뒤적이며 지난 여행을 반추하는 나날이 길어졌다. 새로운 장난감에 열광하는 아이처럼, 침대로 끌어들인 여인네 수를 자랑하는 베네치아 그 사내처럼, 세계지도에 갔던 곳의 좌표를 찍어보며 부질없는 방구석 여행을 계속했다. 그렇게 가벼운 재미와 알량한 지식만 쫓던 내 여행법을 돌아보던 중, 중국 여행가이자 다큐멘터리 제작자인 윤태옥 작가의 『변방의 인문학』을 만났다. 변방에서 중원으로 진출하며 나라를 세운 중국에 대해 고찰한, 일반 여행과는 차원이 다른 여행에 눈이 번쩍 뜨였다.

저자는 2006년부터 코로나19 직전까지 만 14년간 중국을 여행했다. 일년의 반 이상은 혼자 또는 일행들과 함께 중국 어디에선가 서 있었다. 『중국에서 만나는 한국 독립운동사』, 『대당제국의 탄생』, 『중국학교』, 『길 위에서 읽는 중국 현대사 대장정』, 『중국 식객』, 『개혁군주 조조, 난세의 능신 제갈량』 등 일련의 책 제목이 보여주듯이 다양한 인문학적 관심을 가지고 중국 구석구석을 누볐다. 음식과 건축에서부터 역사에 이르기까지 중국을 주제로 한 전방위적 발자취를 글과 사진으로 남겼다.

『변방의 인문학』은 중앙일보의 주말판인 중앙선데이에 '변방의 인문학'이란 제목으로 2018년 8월부터 2021년 8월까지 3년간 전면 크기로 37회 연재한 글을 엮은 책이다. 역사의 땅 중국의 변방을 거닐며 길 위에서 읽은 중국과 그 너머에 관한 내용으로 가득하다. 연재 기간은 3년이지만 중국 기행 14년의 내공이 오롯이 담겼다. 총 7장에 걸쳐 400쪽에 이르는 방대한 분량이다. 각 장의 제목부터 포만감을 느끼게 한다. 1장 서역으로, 2장 신장에서, 3장 북방기행, 4장 만주족 역사, 5장 바다의 역사, 6장 가까운 오지, 7장 변방의 혁명가다.

1장부터 5장은 변방에서 태동 성장한 세력이 중원으로 이동하면서 개국과 쇠망을 거듭하며 진화하는 정복의 역사를 다루었다. 중국 고대로부터 지금의 중국 공산당까지 흥망성

쇠의 과정이 흥미진진하다. 저자가 다닌 동선은 신장에서 시작해 시계 방향으로 중국 변방을 한 바퀴 크게 돌아 자금성과 바다로 향한다. 오지 중의 오지인 신장과 서역, 또는 북방초원에서 남긴 글과 사진으로 보여주는 풍경은 치명적일 정도로 광활하다. "중국, 어디까지 가 봤니? 여긴 와봤니?" 안달이 날 지경이다. 이 책은 처음부터 읽지 않아도 된다. 어느 쪽이 되었든 눈에 들어오는 쪽부터 시작하면 된다. 변방에서 중원까지 흙먼지를 일으키며 말을 타고 달리지 않아도 좋다. 건국하려는 것이 아니니 말이다. 나는 코로나 이후 많이 추천하는 소수 민족이 사는 아름다운 오지가 나오는 6장부터 펼쳐 읽었다.

객가인의 토루도 우리의 시선을 잡아당긴다. 토루는 그들의 전통 살림집 가운데 가장 대표적인 건축양식이다. 사진에 보이는 마을은 톈뤄컹촌이다. 네 개의 원형 토루와 하나의 사각형 토루가 한데 모여 있다. 마을 뒷산에서 내려다보면 요리 접시를 늘어놓은 식탁처럼 보여 사채일탕이라고도 부른다. (287쪽)

3년 전 복건성의 하먼을 여행하며 토루를 보았다. 유네스코가 지정한 세계문화유산이다. 원형 또는 사각의 거대한 성채는 다른 행성에 온 듯했다. 토루 안으로 들어가니 가운데에 공동으로 쓰는 우물과 사당이 있었다. 가장자리에 1층부터 4

층 혹은 5층을 수직으로 나눈 공간을 한 가구씩 사용하며 한 토루에 수백의 가구가 생활한다. 언뜻 현대의 아파트가 연상되는 구조는 외세의 침략으로부터 지켜온 객가인의 생존방식이다. 6장에서 소개한 가까운 오지는 변방의 인문학이 주는 선물이다. 중국 여행의 진귀한 성찬을 맛본다. 7장 변방의 혁명가는 충분히 주목받지 못한 사회주의 계열의 독립운동가들을 다루었다. 류자명, 김산, 진광화, 윤세주, 허형식. 왜 그들을 잊으면 안 되는지 변방의 인문학 7장을 펼쳐보자.

> 쨩쯔령 풍경구 안에는 최근 조선의용군 석정(윤세주의 호) 진광화 순국지 기념비가 세워졌다. 조금만 걸으면 능선 위에 올라설 수 있다. 능선에서 보이는 어디에선가 진광화와 윤세주가 전사했다. 쨩쯔령의 거친 산길에서 그날을 반추해 보면 가슴이 미어진다. 나라를 망쳐서 국권을 잃어버린 자들은 누구이고, 그걸 되찾겠다고 목숨을 던지는 이들은 누구였단 말인가. (372쪽)

변방에서 전사한 독립운동가의 흔적을 찾아와 독자 앞에 모셔왔다. 중국의 변방에는 우리가 기억해야 할 이름이 있다. 잊고 있던 독립운동가를 기억하는 건 그들이 목숨 바쳐 지킨 조국에서 살아가는 지금 우리의 몫이다.

'변방의 인문학'이라는 400쪽에 이르는 바다에 한 발을 넣으면 깊이는 아랑곳없이 점점 빨려 들어간다. 발목에 찰랑대던 물결은 빠르게 무릎과 허리로 올라오고 종국에는 꼴깍 머리까지 잠겨 버리게 된다. 새로운 독서 경험이다. 왜 여행을 하는지, 무엇을 볼 것인지, 여행지에서 무엇을 공유하는지, 변방에서 만난 수 세기 전 인물이 내게 어떻게 말을 거는지 등 여행의 새로운 방법론에 눈이 떠진다. 나처럼 알량한 지식에 깊이를 더하고 싶거나 역사와 문화, 혹은 사람과 삶이 씨줄과 날줄로 교차하는 인문학적인 여행을 하고 싶은 이들에게 맞는 책이다. 중국에 대해, 중국 역사에 대해, 중국 여행에 대해 끝판왕이 되고 싶다면 이 책이 답이다. 중국을 공부하는 학생과 연구자 또는 중국을 깊이 알고 싶은 사람이라면 이 책을 지나치기 힘들 듯하다. 저자는 자신의 블로그에서 이 책을 지정 도서로 먼저 읽고 함께 떠나는 여행을 제안했다. 저자와의 중국 변방 여행을 코로나19가 끝나자마자 떠날 내 첫 번째 여행계획에 올렸다. 이 여행을 함께하고 싶은 분들께 귀띔하자면, 이 책을 미리 읽어 두시길.

 함께 읽으면 좋은 책

1. 『당신은 어쩌자고 내 속옷까지 들어오셨는가』 / 윤태옥
2. 『걸어 다니는 어원 사전』 / 마크 포사이스
3. 『소크라테스 익스프레스』 / 에릭 와이너

오롯한 독서의 즐거움에 빠져든다

『끌리거나 혹은 떨리거나』
박일호 지음 / 현자의마을 / 2014

"읽을 책을 사는 것이 아니라 산 책을 읽는 것이다." 어느 TV 방송에서 김영하 작가가 한 말이다. 책을 샀던 당시에는 제목에 끌렸든, 작가에 끌렸든, 어떤 동기로 샀는데 나중에 그 책 내용이 가물거릴 때가 있다. 얼마 전 수료한 서평 글쓰기 수업이 그랬다. 참고도서 중에 『끌리거나 혹은 떨리거나』가 있다. 산 책이다. 그것도 2014 초판으로. 어떤 내용인지는 막연하다. 정독하지 않아서다. 정독은커녕 설렁설렁 날림 일독을 했다. 일 년 전 이사를 할 때 『정리의 힘』의 저자 곤도 마리에 여사의 조언대로 설레지 않는 것들은 새집으로 가져오지 않았지만, 그때에도 이 책은 살아남았다. 제대로 모르는 책에 설레기도 한다. 언젠간 정독할 책으로 모셔왔다. '언제 제대로 봐줄래?' 서가에서 새초롬하니 파르스름하게 눈을 흘기던 그 책의 물음에 이제는 답할 시간이다.

인생의 터닝포인트를 모색하던 저자는 직장에 사직서를 내고 인도로 배낭여행을 떠난다. 그는 잘나가는 직장인이었다. 서강대 경제대학원에서 노동경제학을 공부했고, 20년 넘게 경제단체에서 교육연수 관련 일을 했다. '회사원 서평가'로서 이름도 알렸다. 꿈은 도망가지 않는데 늘 도망치는 건 자신이라는 뒤늦은 깨달음과 함께 안락한 정주자가 아닌 자발적 유배자의 삶을 선택한다. 『끌리거나 혹은 떨리거나』는 인도에서 한 달간 머물며 사색한 기행 서평집이다. 저자는 이 책을 기점으로, '살다가 남는 시간에 읽고 썼던 삶'에서 '읽고 쓰다가 남는 시간에 사는 삶'으로 전환했다. 문화체육관광부 우수 교양도서 선정심사위원을 지냈으며 현재는 인문 낭독극연구소장, 충남대 예술대학 강사, 서울시 50플러스 캠퍼스 강사 등 생활 인문학과 서평 글쓰기 분야에서 다양한 활동을 하고 있다. 이 책 외에도 『경제는 살아있는 인문학이다』, 『퇴근길 인문학 수업』(공저) 등의 책을 냈다.

이 책은 프롤로그와 에필로그 사이 11장으로 구성되었다. '1. 델리_ 내가 어쩌자고 인도에 왔단 말인가.'와 '11. 델리_ 다시 델리에 오다.' 사이에 푸쉬카르, 아그라, 카주라호, 바라나시, 콜카타, 다르질링, 카트만두, 포카라, 룸비니가 있다. 저자의 여정이 지도상의 어느 위치를 지났는지 일독을 하고 나니 궁금해졌다. 내게 인도는 지명과 지도가 쉽게 연결되는 곳이 아니다. 사실 어떤 여정으로 갔는지는 중요하지 않다. 인도 여행 가이드 책이 아니기 때문이다. 그곳에서 무엇을 보았고, 무슨 생각을 했으며, 어떤 책의 기억과 함께 했는지. 그저 책들의 향연이 즐겁기만 하다. 자신이 여행한 곳에 대한 경험과 인상기를 남기면서 장마다 2, 3권의 책을 함께 배치해 단순한 여행기가 아닌 '기행 서평'이라는 새로운 형식을 시도한 것이다. 저자의 내공 깊은 독서력에서 펼쳐지는 이야기에 매혹당한다.

> 짜이를 날라다 준 그 소년에게 이름과 나이를 물어보았지만 그 속에 담긴 구리빛 몸은 소년의 몸 같지 않게 굳고 강건해 보인다. (중략) 소냐가 중간에 나서서 이름은 미끄랍이고 14살이라고 알려준다. 함께 사진을 찍자고 청하니 수줍은 미소로 응한다. 소설 <파이 이야기>를 원작으로 한 영화 <라이프 오브 파이>의 주인공인 인도 소년 파이 파텔을 닮았다. <파이 이야기>는 남인도 폰티체리라는 작은 도시를 배경으로 파이 파텔이라는 이름을 가진 열여섯 살 소년의 모험담을 그린 소설로, 2002년 영국 최고의 권위를 자랑하는 문학상인 부커상을 수상한 작품이다. (85쪽)

카주라호에서 주문한 짜이(인도를 비롯한 남아시아 지역에서 차 음료를 일컫는 말)를 가져다준 소년을 보며 『파이 이야기』의 주인공 인도 소년 '파이 파텔'을 떠올린다. 이어지는 『파이 이야기』 속으로 독자는 속절없이 빠져든다. 또한 각 장의 마무리에 '이 책과 함께 읽으면 좋은 책들'이 3권씩 소개되었다. 합하면 모두 90권쯤 된다. 이 책을 추천 도서로 저장해 두고 안 읽은 책들은 한 권씩 공략하면 좋겠다. 오랫동안 낭독 독서 모임을 했던 저자는 이 중 많은 책을 그 모임에서 읽었다고 한다.

> 4개월에 걸쳐 이 책(월든)을 완독한 우리 낭독 독서모임회원들이 그 증거다. 처음에는 만연체의 문장 때문인지 읽기가 쉽지 않았지만, 중반 이후로 접어들자 사람들의 눈빛과 목소리가 달라지기 시작했다. 눈을 안으로 돌려 마음속에 여태껏 발견하지 못하던 천 개의 지역을 찾아내 내부의 위도가 보다 높은 지역을 맘껏 탐험하라는 저자의 목소리가 귀에 들여오기 시작한 것이다. 그것은 더이상 타인의 삶을 살지 말고 자신만의 참다운 인생의 길을 가라는 내면의 울림이었다. *(239쪽)*

『끌리거나 혹은 떨리거나』는 저자의 낭독 독서 모임의 경험이 알려주듯 함께 읽으면 더 좋다. 인도라는 낯선 지역을 책을 내비게이션으로 삼아 따라가다 보면 어느새 저자와 함께 여행하고 있는 자신을 발견하게 될지 모른다. 저자가 델리에서 맞이한 첫날과 한 달의 인도 기행을 마무리하며 다시 돌아와 델리에서 보내는 마지막 날의 변화가 놀랍다. 저자는 델리로 향하며 기형도의 시집 『입속의 검은 잎』을 인용하며 '잘 있거라 더이상 내 것이 아닌 열망들아'를 읊조리며 호기롭게 떠나지만, 델리에서의 첫날 혼돈과 무질서, 무더위와 소음과 냄새에 아찔해 한다. 게다가 게스트 하우스 입구에 널브러져 있는 개떼들에 비자발적으로 갇히게 된 저자는 인도의 첫날 밤을 낯선 도시로 시집온 불안한 시골 신부처럼 보내게 되어 어쩌자고 델리에 왔는지 한탄한다. 그랬던 저자가 마지막 날, 델리에서 남은 시간을 부지런히 헤집고 돌아다닌다. 뉴델리 최고의 볼거리 구뜹 미나르를 찾아 나서며 흥정을 하고 릭샤에 오른다. 질주하는 릭샤의 진동에 맞춰 쪽잠을 청하는 여유를 부리기도 한다.

저자는 인도 여행을 마무리하며 인도로 걸어간 게 아니라 인도가 내게로 들어왔던 꿈 같은 시간이었다고 고백한다. 하나는 적지만 둘은 너무 많은 여행, 오롯이 책과 함께 한 즐거움이 묻어나는 책 여행이다. 이 책은 책과 여행 중 그 어느 것 하나도 포기하고 싶지 않은 나 같은 독자에게 딱 맞는 책이다. 코로나가 끝나면 그동안 미뤄놨던 여행을 다시 꿈꾸며 온전한 독서의 즐거움을 누리고 싶은 책 동무들에게 권하고 싶은 책이다.

 함께 읽으면 좋은 책

1. 『그레구아르와 책방 할아버지』 / 마르크 로제
2. 『퇴근길 인문학 수업』 / 박일호, 전미경, 안나미 외
3. 『인도방랑』 / 후지와라 신야

서평가 **이호연**

생각을 디자인하자

『여덟 단어』 박웅현 지음

나에게 서평이란?

『여덟 단어』의 저자 박웅현의 '생각을 디자인하자'라는 말처럼 저자가 말하고자 하는 이야기를 간결하게 디자인하여 책 속에 숨어있는 인생의 진수까지 함축해 드러낼 수 있는 매력적인 작업이다.

이호연

유아교육과를 졸업하고 대학원에서 가족치료를 전공했다. 유치원 원장으로 일하며 학부모들을 대상으로 부모 상담을 했다. 현재는 가족치료 상담가로 삶의 길에서 헤매다 꿈을 잃어버린 사람들에게 자신 안에 갇혀있는 꿈을 이끌어내도록 손을 잡아주고 아픈 영혼이 빛날 수 있도록 동행해 주고 있다. 'Thinking design 상담연구소'의 개설을 앞두고 있다. loveme4100@naver.com

『여덟 단어』
박웅현 지음 / 북하우스 / 2013

"마음에 구멍이 난 사람들이 있다. 이들의 마음은 물을 아무리 부어도 채워지지 않는 '밑 빠진 독'과 같아서 늘 허전함을 느낀다. 무엇을 하거나 누구와 관계를 맺거나 어떤 것을 성취해도 그 공허함은 쉽게 가시지 않는다. 잠시 잊을 뿐이다. 그럼에도 이들은 물붓기를 멈추지 않는다. 그렇게라도 해야 그 공허감이 그나마 덜 느껴지기 때문이다. 그 물붓기란 흔히 다른 사람들의 애정과 관심을 갈구하는 것이거나 억지로 쥐어짜는 노력으로 가까스로 무언가를 성취해내는 안타까운 모습인 경우가 많다."라는 말처럼 심리학적인 측면 속에 나의 지나온 과거의 모습을 들여다 볼 수 있었다.

지금 우리가 사는 세상은 개방, 치유, 성장의 시대이다. 우리가 완전하고 진정한 자기가 되기 위해서는 자기 안의 낯선 두려움을 먼저 극복해야 한다. 자신의 독창성을 찾고 두려움을 끌어안으며 타인과의 관계 속에서 자신의 내면과 마주하는 노력이 필요하다. 그 두려움과 저항을 직면하게 하는 일이 심리상담가가 하는 일이다. 자신을 함양하는 작업으로 내면과 대면해야 하는 어려운 작업이다. 그 자신의 능력을 한껏 발휘하기 위해서 두려움을 극복하려면 사랑으로 대처해야 한다.

한때 나는 삶에 큰 시련이 닥쳐와 '절망의 늪'에 빠진 적이 있다. 그 늪을 벗어나는데 장장 5년이란 세월이 걸렸다. 그 5년 동안 자신에 대한 성찰을 치열하게 해나갔고 명상 속에서 자신의 생각을 새롭게 디자인해 나가는 일이 매우 중요함을 알게 되었다. 지금은 나를 찾아온 내담자가 문제에 직면할 때 생각의 전환을 하기 위한 다양한 노력을 접목하려 하고 있다. 2022년을 맞이하면서 가족치유상담가로서 새롭게 'Thinking design 상담연구소'라는 상담소를 열고 명함을 만들 계획을 세우고 있던 차에 서점에서 광고인으로 유명한 박웅현 작가의 『여덟 단어』를 발견했다. 124쪽의 '제 명함에 찍힌 말이 Surprise me!(나를 놀라게 해!)입니다.'라고 쓰여 있는 명함 이야기에 시선이 꽂혔다. 나의 새로운 명함과 비슷한, 197쪽의 '생각을 디자인하자'라는 말도 나를 사로잡았다. 내가 생각하고 있는 비슷한 두 개의 명제를 보곤 신기해서 책을 사 집에 돌아와 단숨에 읽어 내려갔다.

저자는 대학에서 신문 방송학을, 대학원에서는 텔레커뮤니케이션을 전공했다. 제일기획에서 광고 일을 시작해 지금은 크리에이티브 대표로 일하고 있다. 마음과 생각이 통하는 사람들과 함께 인문학적 감수성과 인간을 향한 따뜻한 시선을 바탕으로 하는 많은 광고를 만들었다. '그녀의 자전거가 내 마음속으로 들어왔다', '나이는 숫자에 불과하다', '생각이 에너지다' 등 시대의 생각을 진보시킨 카피들은 그의 협업의 결과이다. 그 유명한 '내 꿈꿔'도 그의 작품이다.

『여덟 단어』는 '인생을 대하는 우리의 자세'라는 부제처럼 인생을 위해 생각해봐야 할 중요한 가치를 여덟 가지 단어에 담은 책이다. 책을 읽는 가장 큰 이유 중의 하나가 좀 더 올바른 시각으로 삶을 대할 수 있기 때문이라며 자존, 본질, 고전, 견(見), 현재, 권위, 소통, 인생이라는 여덟 개의 키워드를 제시한다. 여덟 개로 쪼개놨지만 모든 단어는 결국 연결이 되면서 하나의 방향으로 나아간다.

우리가 많이 쓰는 '아모르파티(amor fati)'라는 말이 있다. 독일의 철학자 니체의 운명관을 나타내는 말로 운명에 대한 사랑이라는 뜻이다. 우리는 우리가 생각하는 것보다 힘이 세고 단단하다. 저자는 '네 운명을 사랑하는 사람과 사랑하지 않는 사람의 결말은 정반대일 수밖에 없다'라며 자신의 바깥이 아닌 안에 점을 찍고 자신의 자존을 먼저 세우라고 말한다. 내 마음속의 점들을 연결하면 별이 된다. 열심히 살다 보면 인생에 어떤 점들이 뿌려질 것이고, 의미 없어 보이던 그 점들이 어느 순간 연결돼서 별이 되는 것이다. 정해진 빛을 따르려 하지 말고 오직 각자의 점과 별을 향해 나아가라고 권한다. 그 말이 내게 이렇게 큰 의미로 다가올 줄 몰랐다.

> 불혹은 그 만혹의 시기로부터 꼭 10년 후에 찾아왔습니다. 제 나이 오십에 드디어 불혹을 맞은 것이죠. 저는 이제 크게 흔들리지 않습니다. 제 인생을 인정하고 긍정하기 시작했어요. 단, 여기서 흔들리지 않는다는 것은 다른 삶의 부정이 아닙니다. 그들의 삶의 긍정과 내 삶의 긍정을 의미합니다.
>
> (140쪽)

자신이 하고 싶은 것을 해야 한다는 뜻이다. 본질은 결국 자기 판단으로 인생관과 가치관을 탄탄하게 만들어 사람이 먼저 되어야 한다는 것이다. 복잡한 사물의 핵심이 무엇인지 보려는 노력, 본질이 아닌 것 같으면 놓는 용기도 필요하다고 말한다. 사실 삶 하나하나가 다 황홀한 순간이다. 우리가 보배롭게 봐야 하는 것은 아무것도 아닌 것을 보는 힘이다.

앞에서도 잠깐 말했듯이 몇 년 전 내 마음에 도저히 메꿀 수 없다고 생각할 만큼 큰 구멍이 났었다. 모든 힘을 다하여 앞만 보고 열심히 살아온 내게 큰 시련이 닥쳤고, 그만 무너

져 내려 주저앉고 말았다. 아무것도 느낄 수 없고 원하는 것
도 없는 무기력한 상태로 지냈다. 살아 있었지만 죽은 목숨이
나 다름없었다. 상담일도 접어야 했다. 나 자신을 그 무기력
에서 꺼내야 하는 일이 시급했다. 상담이론에서는 '그런 바닥
체험을 통해 나의 빈 곳을 스스로 채워 넣어야 한다는 사실
을 받아들이고 나서 삶은 외부에서 내부로, 타인에서 나 자신
으로 그 중심축이 바뀌어야 한다. 그때부터 마음의 큰 구멍이
조금씩 메워지기 시작한다'라고 했다. 이성적으로는 충분히
이해했지만, 막상 내게 큰 시련이 닥쳐오자 암을 치료하는 암
전문 의사가 암에 걸린 것처럼 상담가인 나로서도 심정적으
론 벗어나기 쉽지 않았다. 늪에 빠져들 듯 절망에 빠져들었다.
바닷속에 사는 물고기들은 바다의 모습을 볼 수 없다. 구름을
벗어난 달만이 구름을 볼 수 있는 것 아닌가? 가까스로 마음
을 추스르고 일어나 한 3년을 삶의 현장에 나가 땀 흘리며 온
몸으로 부딪쳐 나갔다. 그런 작은 변화들은 일상생활에서 나
의 돌봄으로 바뀌어 하루 하루 쌓여가며 매우 긍정적인 삶의
태도였던 예전의 나의 모습을 찾아가고 있다.

많은 후배들이, 학생들이, 젊은이들이 정답을 찾고 있는 것
같습니다. 하지만 인생에 정답은 없습니다. 말씀드렸죠. 인
생은 전인미답이잖아요. 어찌 알겠어요. 그 사람과 결혼해
서 행복할지 아닐지 아무도 모릅니다. 답을 찾지 마세요. 모
든 선택에는 정답과 오답이 공존합니다. 지혜로운 사람들

은 선택한 다음에 그걸 정답으로 만들어내는 것이고, 어리
석은 사람들은 그걸 선택하고 후회하면서 오답으로 만들
죠. 후회는 또 다른 잘못의 시작일 뿐이라는 걸 잊고 말입니
다. (210쪽)

사실 인생은 이 모퉁이를 돌면 다음 모퉁이에 무엇이 있을 지 아무도 모르기 때문에 더 흥미롭고 즐거운 일이다. 어차피 가야 할 길 앞에서 망설이거나 두려워하기보다 설렘과 기대를 품고 걷는 쪽이 낫다. 인생에 공짜는 없다. 어떤 인생이든 어떤 형태가 될지 모르지만, 반드시 기회가 찾아온다. 사람을 움직이고 싶고, 주변에 영향을 주고 싶고, 세상을 변화시키고 싶다면, 다른 사람을 먼저 배려하고 생각을 정리하는 습관을 갖는 게 중요하다. 행복을 향해서 달려가는 것이 아니라 내가 선 이 자리를 행복의 공간으로 바꾸는 지혜와 노력이 필요하다. 『논어』에 나오는 '불환인지불기지 환기무능야(不患人之不己知 患其無能也)'가 바로 그 말이다. 남이 나를 알아주지 않는다고 걱정하지 말고, 내가 능력이 없음을 걱정하라는 뜻이다.

저자는 묵묵히 자기를 존중하면서 본질을 추구하고, 권위에 도전하고, 현재를 가치 있게 여기고, 지혜롭게 소통하면서 각자의 전인미답의 길을 가라고 조언한다. 다른 사람이 되려고 하지 말고 자기 자신이 되는 것이 중요하다는 뜻이다. 삶의 연륜을 쌓는 것만큼이나 전문적인 한 분야에도 눈에 보이는 성공을 이뤄낸 저자는 '옳은 게 이긴다. 옳은 말은 힘이 셉니다.' 라며 살면서 깊이 공감이 되는, 꼭 생각해 봤으면 하는 가치들을 인생의 선배로서 진솔하고 담담하게 펼쳐내고 있다.

저자는 자신의 명함에 찍힌 'Surprise me!'를 소개하며 놀라는 것이 능력이라고 말한다. 아이들의 능력이 놀라는 것이다. 놀란다는 것은 감정이입이 됐다는 것이고 다른 사람보다 더 그 현상을 뇌리에 박으면서 온전한 경험을 한다는 뜻이다. 또 무엇인가를 기억하는 가장 좋은 방법은 스스로 감동하는 것이다. '온 세상이 태어나는 것처럼 일출을 보고 온 세상이 무너지듯 일몰을 봐라'라는 말처럼 깊이 들여다본 순간들이 모여 찬란한 삶을 만들어 낸다고 말한다. '올바른 삶의 태도로 매 순간에 머물러라 아름답구나', '삶은 순간의 합이지 결코 경주가 될 수 없다', '깊이 들여다본 순간들이 모여 찬란한 삶을 만들어 낼 것이다'라는 말처럼 지금 내 생각도 그렇게 변해가고 있다.

독자들이 운 좋게 이 책을 만나게 된다면 삶에서 기본적으로 갖추면 도움 될 것들과 함께 삶의 본질에서 무엇인가를 이끌어내는 것의 중요성과 그 방법들을 잘 이해하게 될 것이다. 책의 끝부분에 쓰여 있는, 곽재구의 『포구 기행』에 나오는 '연륜은 사물의 핵심에서 가장 바르게 도달하는 길의 이름'을 인용한 것처럼 먼저 삶을 살아 온 사람들의 지혜를 받아들이고 적용하며 살아간다면 자신의 삶을 보다 풍요롭게 만들 수 있다고 생각한다. 저자는 '살아있다는 그 단순한 놀라움과 존재한다는 그 황홀함에 취하여'라는 김화영님의 글을 책상에 붙여 놓고 지낸다고 한다. 나도 삶을 살아가는 본질을 만들어 먼저 사람이 되어야 한다는 말에 공감하면서 보다 깊은 본질적인 삶을 지향하면서 살아있다는 그 단순한 놀라움으로 내 황홀한 날갯짓에 취하며 삶을 아름답게 펼쳐나갈 것이다.

 함께 읽으면 좋은 책

1. 『확신의 힘』 / 웨인다이어
2. 『네빌고다드의 라디오강의』 / 네빌고다드
3. 『네빌고다드의 부활』 / 네빌고다드

서평가 **정은빈**

예측 불가능한 삶이 주는 기쁨

『서른, 제 뜻대로 살아볼게요』 오언주 지음

이 길은 당신에게 많은 이야기를 해줄 거예요

『당신도 산티아고 순례길이 필요한가요』 김지선 지음

포스트 코로나, 인디펜던트로 거듭날 기회

『김미경의 리부트』 김미경 지음

나에게 서평이란?

나에게 서평이란 선물이다. 좋은 글귀를 찾아 필요한 사람들에게 소개하고 서평으로 마음과 지식을 나누는 것에 행복을 느낀다.

정은빈

상품을 분석하고 소개하는 쇼호스트로 활동하다 지금은 면접 강사로 직업을 바꿨다. 유독 사람을 좋아해 한 사람의 인생을 분석하고 스토리텔링 하는 현재의 직업에 상당한 만족을 느낀다. 책을 읽을 때도 에세이를 즐겨 읽는데 한 사람의 철학과 감정이 녹아있는 글에 재미를 느낀다. 더 자주 읽고 쓰며 책이 주는 기쁨을 많은 사람에게 알리고 싶어 한다. 인스타그램 @show_binn

예측 불가능한 삶이 주는 기쁨

『서른, 제 뜻대로 살아볼게요』
오언주 지음 / 봄들 / 2020

　『서른, 제 뜻대로 살아볼게요』. 제목부터 끌린다. 다른 사람의 시선을 신경 쓰지 않고 내 주관과 속도에 맞추어 삶의 의미를 스스로 만들어나가겠다는 단호한 의지가 엿보인다. 사회가 정의하는 행복과 자기 안의 행복의 기준이 달라서 고민하거나 방황하는 사람이라면 지나칠 수 없을 듯하다. '직장과 결혼에 관한 행복 찾기 트레킹 에세이'라는 부제 역시 매력적이다. 대한민국의 수많은 청춘들이 비켜갈 수 없는 화두가 직장과 결혼이니 말이다. 나 역시 그랬다. 통념과 이분법이라는 잣대로 그어 놓은 현실의 칸막이에서 벗어나지 못한 채 진정으로 내가 좋아하는 것이 무엇인지 생각하기도 버거운 현실에 눌려 지내던 터라 책을 보자마자 선뜻 집어 들었다.

　저자를 처음 알게 된 것은 SNS를 통해서였다. 처음에는 취미가 비슷해 눈길이 갔지만, 글에서 느껴지는 밝은 에너지와 깊이 있는 사고를 닮고 싶어 팬이 되었다. 그런 그녀가 '오연주'라는 자신의 이름으로 당당히 에세이를 냈다는 말을 듣자마자 서점으로 달려갔다. 지금의 그녀가 있기까지의 과정이 책에 빼곡하게 담겨 있었다. 저자는 누구나 한번쯤 꿈꿔보는 고연봉과 윤기 나는 안정적인 삶을 보장하는 대기업을 제 발로 그만두고 나왔다. 진짜 자신이 하고 싶은 일을 찾아 도전하면서 꿈을 계속해서 만들어나가고 싶어서였다. 내게는 그런 모습이 무척 부럽고 인상적이었다. 저자의 오랜 꿈은 우리나라의 매력을 전 세계에 알리는 것이었다. 중학생 때 호주로 유학을 갔다가 한국을 잘 모르는 외국 친구들에게 우리나라의 매력을 소개하며 자연스럽게 만들어진 꿈이다. 여행사에 취업을 해야 할지 외교관이 되어야 할지 명사로 표현하기 힘든 꿈을 찾는 과정에서 저자는 새로운 삶의 방향을 깨닫는다. '행복' 그 자체에 집중할 때 가장 행복할 수 있음을 알게 된 것이다. 그 행복을 함께 누릴 수 있는 사람을 만나 결혼을 하고 사랑하는 사람과 함께 더 풍요로운 인생을 만들어가는 과정의 소중함을 독자들에게 전하고 있다.

책은 크게 두 부분으로 나누어져 있다. 첫 번째는 꿈, 두 번째는 결혼(관계)이다. 꿈 부분에서 저자가 독자들에게 전하고 싶은 메시지는 꿈을 좇는 것만이 행복이 아니라 촉수를 가득 열어 내 일상을 소소한 행복으로 가득 채우는 것이 중요하다

서른, 제 뜻대로 살아볼게요 평

는 것이다. 삶 자체가 풍부해지는 방법을 소개하면서 소확행을 실천해볼 수 있는 여러 가지 팁까지 알려준다. 꿈 파트에서 가장 감명 깊게 읽은 부분은 저자가 누구도 모르는 자신만의 비밀을 만들며 꿈에 대한 의지력을 테스트한 일화다. 꿈을 향한 자신의 의지를 확인하고 싶어 평일에는 회사에서 풀타임으로 일하고, 금요일 밤에는 외국인 30명과 버스를 타고 전국으로 여행을 떠났다. 2년 동안 극한의 삶을 이겨내면서 내 꿈에 책임을 질 수 있겠다는 자신감과 희망을 품게 된다. 하지만 사회에서 말하는 성공과 행복의 기준을 거부하며 꿈을 이루겠다는 로망이 막상 현실이 되는 기회를 얻자 내적 갈등이 밀려와 다시 한번 진지하게 고민을 하게 된다. 갑자기 희미해진 꿈에 잠시 자존감이 낮아지기도 했지만, 꼭 무언가를 성취하지 않아도 그 과정에서 얻은 소중한 경험만으로도 충분히 괜찮은 삶을 살 수 있다고 결론 내린다. 지금은 자존감을 되찾고 투자한 시간과 노력에 대한 자신감으로 누구보다 만족스러운 삶을 살아가고 있다고 고백한다.

삼십 대에 접어들면서 가정 및 사회에 대한 책임감이 커져서인지 안정 욕구 또한 자연스럽게 높아진 듯하다. 나이가 들수록 스스로 미래에 대한 안도감을 추구하는 것은 당연하다. 그럼에도 아직은 예측 불가능한 경험으로 가득 찬 삶을 살아가고 싶다. 내 삶이 어느 정도 정해졌다는 생각에 훤히 보이는 미래를 그리기보다는 언제든 변할 수 있고 무수

한 기회가 기다리는 미래를 그리고 싶다. (107쪽)

저자가 그랬던 것처럼 나 또한 사회가 주는 중압감과 추구하는 꿈 사이의 괴리감 때문에 새롭고 흥미로운 것과 익숙하고 안전한 것 사이에서 늘 고민한다. 나이가 들수록 쉽게 도전하지 못하고 망설이는 경우가 많다. 그런 내 자신이 낯설게 느껴질 때도 있지만, 희망적인 미래를 그리면서 재미있는 기회와 의미 있는 경험들로 삶을 채워나가고 싶은 소망을 놓지 않고 있다. 저자는 독자들이 어떤 상황에 직면했을 때 책 속의 단 한 문장이라도 떠올린다면 바랄 게 없다며, 이 책이 자기답게 살기 위해 노력하다 우연이라도 마주하게 되는 친구 같은 역할을 하면 좋겠다고 말한다.

『서른, 제 뜻대로 살아볼게요』라는 제목처럼 30대라면 누구나 공감할 내용이 많은데 특히 현실과 꿈의 선택지에서 고민 중이거나 새로운 도전을 망설이는 중이라면 밑줄 치며 읽을 대목이 많다. 마치 같은 고민을 먼저 했던 친구가 건네는 따뜻한 조언, 결혼 한 친구가 결혼을 앞둔 나에게 성숙한 결혼생활을 위한 방법과 사랑하는 사람에게 일상을 공유하는 기쁨을 알려주는 원 포인트 레슨의 역할로 손색이 없다. 특히 저자가 감명 깊게 읽은 책 중에서 '인생의 방향성을 잡고 싶을 때 읽기 좋은 책', '나에게 자신감을 선물해주고 싶을 때 읽기 좋은 책' 등 카테고리별로 정리한 도서목록은 보너스다. 첫 책이라 그런지 어느 서평에는 가독성이 떨어진다는 지적도 있지만, 내 생각은 조금 다르다. 서툰 만큼 저자의 마음이 더 진정성 있게 느껴지는 것이 오히려 친근하게 다가선다. 책을 쓰는 게 처음이라고 주저하다가 도전조차 하지 않았다면 이 책은 이 땅의 고민하는 수많은 30대에게 찾아오지 못했을 것이다. 스스로에 대한 의구심보다는 용기와 자신감으로, 자신의 삶을 더 풍성하게 채우고 싶은 사람이라면 큰 희망과 응원을 만날 수 있을 것이다. 좋아하는 일을 직업으로 삼고 싶은 사람, 꿈은 마침표가 아니라 화살표임을 믿는 사람에게 일독을 권한다.

 함께 읽으면 좋은 책

1. 『솔직하고 발칙하게』 / 원진주
2. 『길 위의 인생 수업』 / 김정한
3. 『햇빛은 찬란하고 인생은 귀하니까요』 / 장명숙

이 길은 당신에게 많은 이야기를 해줄 거예요

『당신도 산티아고 순례길이 필요한가요』

김지선 지음 / 새벽감성 / 2020

　『당신도 산티아고 순례길이 필요한가요』를 꺼내 든 것은 삶의 방향을 잃고 어디론가 훌쩍 떠나고 싶어서였다. 물론 산티아고 순례길을 주제로 인기를 끌었던 tvN의 예능 프로그램 '스페인 하숙'도 호기심을 자극하는데 한몫했지만 말이다. 산티아고 순례길은 쉽게 다녀올 수 없는 곳인데다 독특한 문화 경험을 할 수 있어서인지 여전히 많은 이들의 버킷리스트에 올라있다. 나처럼 무언가를 깨닫기 위해 혹은 어떤 것들을 떨쳐내기 위해 산티아고를 찾는 사람들이 늘고 있다.

　김지선 작가는 20대 대부분을 파리에서 지내다 30대에 한국에 돌아와 여행 가이드북과 실용서를 쓰며 여행 작가의 삶을 살았다. 『당신도 산티아고 순례길이 필요한가요』는 저자의 첫 번째 여행 에세이다. 이 책과 함께 40대를 시작했고 현재는 독립서점 겸 카페를 운영하며 책을 사랑하는 사람들과 북 카페 공간에 빠져 살고 있다. 남들이 보면 덕업일치의 삶이 부럽게 보일지 몰라도 책이 세상에 나온 지 얼마 되지 않아 물류창고 화재로 쌓여있던 모든 책이 불에 타버리는 안타까운 일도 있었다. 이미 재가 되어버린 책을 바라보며 사라진 것은 잊고 새 책을 내기로 마음먹은 뒤 2019년에 산티아고 순례길을 다녀온 이야기를 추가해 개정판을 만들었다. 저자가 이 책에 쏟았을 정성이 어땠을지 짐작하고도 남는다.

저자는 단순한 호기심에 이끌려 세 차례나 산티아고 순례길을 걸었다. 이 책은 총 37일간 955km 길을 걸었던 두 번째와 세 번째 여정에 대한 기록이다. 하루를 마무리하며 쓴 글과 걸으며 틈날 때마다 찍어둔 영상을 다시 보며 만든 책이라서 여행했던 순간의 감정과 느낌이 마치 곁에서 함께 여행하는 듯 생생하다. 그렇다고 다른 여행가이드 책처럼 이것저것, 시시콜콜 알려주는 정보를 기대하면 안 된다. 발걸음과 호흡에 집중하고 여행지를 배경으로 자신의 감정과 지난 과거를 돌아보는 일기형식의 글이기 때문이다. '나의 모든 감정을 만나며 점차 나를 알아갔다'라는 저자의 말처럼 길을 걸으며 삶을 되돌아본다는 점이 꽤나 매력적이다.

가끔 길을 잃기도 했다. 너무 예쁜 꽃을 보다가 길을 잃거나, 나비를 관찰하다가 길을 잃었다. 그래서 길을 잃었다는

건, 잘못된 길로 들어서는 것이 아니라 더 예쁜 것들을 보았
을 때라고 생각했다. 길을 잃는다고 뭐 어때, 그 길이 어쩌
면 더 나은 길일 수 있잖아. (253쪽)

　나도 저자처럼 걸으면서 나를 알아간 시간에 대한 기억들
이 있어 읽으면서 공감되는 부분이 많았다. 산에서 길을 잃었
을 때 두려움도 잠시, 찾다 보면 새로운 길이 나오고 우연히
찾은 그 길이 지름길일 때도 있었다. 길을 잃지 않았다면 절
대 보지 못했을 숲길을 만나면서 인생의 교훈을 얻기도 했으
니까. 이 책을 읽으면서 저자의 감정선만큼이나 집중하며 보
았던 것은 '과연 저자가 여행을 통해 인생의 정답을 찾았을
까?', '과연 어떤 변화가 생겼을까?'에 대한 것이었다. 내심 모
든 것을 내려놓고 혼자서 훌쩍 떠나는 저자의 용기에 박수를
보내며 저자가 여행 경험을 통해 자신의 삶에 엄청난 변화가
왔기를 바랐는지도 모른다. 또 책을 읽는 간접 경험으로나마
내 인생에도 어떤 변화가 생기지 않을까 하는 작은 기대도 있
었던 것 같다. 그러나 허무하게도 책의 마지막 장을 넘길 때
까지도 그런 일은 생기지 않았다. 대신 누구나 한 번쯤 산티
아고 순례길이 필요한 순간이 있고 나에게도 또 다른 순례길
이 필요하다는 생각을 하며 이 책을 마친다는 작가의 말에 고
개를 끄덕이는 나 자신을 발견했다.

　이 길은 언제나 많은 변화를 줬어요. 그 변화가 어떤 것이

든 꼭 찾아오죠. 이 길 끝에서 찾을 수도 있지만, 이 길을 끝

마치고 나서 한참이 지난 후에 찾아올 수도 있어요. 나 역시

이 길이 끝난 후 무려 2년이 지나서 변화가 찾아왔거든요.

무슨 변화가 생기든, 이 길은 당신에게 많은 이야기를 해줄

거예요. (50쪽)

순례길에서 만난 일곱 번째 이 길을 걷고 있다는 한 여행 작가가 저자에게 한 말이다. 고단한 발걸음에 힘이 나게 하는 희망적인 메시지다. 어쩌면 저자도 이 책을 쓰고 난 후 많은 변화가 있었을지 모른다. 저자가 걸으며 느꼈던 작은 성장의 목소리가 내게 응원이 된 것처럼 자신의 감정에 솔직하며 평범한 일상을 조금은 특별하게 만들고 싶은 독자라면 저자가 전하는 소중한 메시지에 귀를 기울여보자.

『당신도 산티아고 순례길이 필요한가요』는 여느 산티아고 순례길에 대한 책처럼 낯선 곳에 대한 환상만 불어넣는 책이 아니다. 그냥 두면 한없이 부풀려져 어디론가 달아나버릴 감상을 꾹꾹 누르며 현실의 모습과 잘 포개놓아 공감되는 부분이 많다. 한 마디로 '저자의 감정선과 독자의 감정선을 일치시키며 떠나는 트레킹 성장 여행일기'라고 말하고 싶다. 이 책은 코로나19의 답답함에 자꾸 밖으로만 향하는 시선을 안으로 밀어 넣고 방구석 여행하며 읽기에 안성맞춤인 책이다.

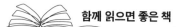

1. 『걷는 사람, 하정우』 / 하정우
2. 『나의 산티아고, 혼자이면서 함께 걷는 길』 / 김희경
3. 『마음 챙김의 시』 / 류시화

포스트 코로나, 인디펜던트로 거듭날 기회

『김미경의 리부트』

김미경 지음 / 웅진지식하우스 / 2020

처음 마주한 코로나 위기에 모두가 혼란스럽고 생존까지 위협을 받고 있다. 사회적 거리두기, 코로나블루, 백신패스 등 코로나19가 시작된 지 2년이 지난 지금도 여전히 처음 들어보는 생소한 용어들이 쏟아져 나오며 우리를 불안하게 만들고 있다. 그래서 그런지 코로나19를 극복하고 예전의 삶으로 돌아가기 위한 다양한 대응과 대책을 담은 책들이 많이 나오고 있다. reboot(재시동)라는 단어를 제목으로 한 『김미경의 리부트』도 그중 하나다.

김미경 저자는 전 국민의 꿈과 도전, 성장을 북돋우는 대한민국 최고의 강사이다. TV나 유튜브는 물론 대기업 교육 현장까지 리더십과 커뮤니케이션을 비롯한 자기계발 분야에서 종횡무진 활약하고 있다. 또 현재는 MKYU(김미경 대학)라는 대학교 콘셉트로 운영되는 평생교육원의 학장으로서 많은 사람들에게 동기부여를 해준다. 일각에서는 동기부여강사가 왜 경제경영 분야의 책을 쓰는지 의구심을 갖지만, 저자는 1997년 외환위기 직후에도 『나는 IMF가 좋다』를 출간해 절망에 빠진 국민들에게 용기와 해법을 전한 바 있다. 특히, 나는 강사가 되고 싶다는 꿈을 꾸는 데까지 김미경 강사에게 가장 많은 영향을 받았다. 저자가 쓴 모든 책을 다 읽으며 자기계발을 해온 사람으로서 『김미경의 리부트』는 당연히 내게 필독서가 되었다. 하지만 나의 롤 모델인 저자 역시 전 세계를 덮친 코로나19의 영향에서 자유로울 수 없었다. 사람들의 건강과 안전을 위한 사회적 거리두기는 강연장에서 수백 수천 명과 호흡하던 그녀의 직업 세계를 한순간에 무너뜨렸다. 나는 이런 상황에서 저자가 어떻게 위기를 기회로 바꾸었는지, 그녀가 찾은 해법은 무엇인지 궁금했고 같은 일을 하는 강사의 입장에서 더 많은 솔루션을 얻을 수 있겠다는 기대감이 컸다.

하지만 이 책은 나 같은 강사들에게만 영향을 주는 책은 아니다. 직업을 떠나 다양한 위기에 놓여있는 모든 사람들에게 구체적인 해답과 희망의 메시지를 준다. 그래서인지 국내뿐 아니라 해외에서도 인기가 상당하다. 한국어판을 해외 배송 받아 읽은 교포들이 한국어에 익숙하지 않은 자녀들과 외국인 친구들에게도 선물하고 싶다며 영문판 발간을 요청했고, 영문판으로 책이 출간된 후 아마존닷컴 전자책 카테고리에서 전염병 분야, 비즈니스 계획 및 전망 분야 베스트셀러 1위, 심리학 참고 분야 2위에 올랐다.

『김미경의 리부트』가 이렇게 많은 사랑을 받은 이유는 스타강사 김미경이 코로나19로 강의수입이 0원이 된 뒤 코로나 펜데믹이 불러올 변화를 공부하고 연구한 끝에 찾아낸 구체적인 생존 공식을 담았기 때문일 것이다. 그리고 자기계발 강사답게 자신이 깨달은 점을 실행으로 옮길 수 있도록 만드는 강한 힘이 느껴져 읽는 내내 가슴을 뜨겁게 만드는 매력이 있다.

> *"부자들은 지금 이 상황을 엄청난 기회로 보고 있어요. 단순히 주식이 떨어졌기 때문에 싸게 살 수 있다는 정도가 아니에요. 코로나로 한번 리셋되면서 새로운 성장 동력이 생겼기 때문이죠. 언택트 세상이 되니까 필요한 게 갑자기 너무 많아졌잖아요. 공부도, 쇼핑도, 의료도 다 달라졌으니 공급할 게 많아진 거고, 그게 다 돈이 되는 거죠. 관련 기업들은 신이 났고 덩달아 부자들도 신났어요."* (51쪽)

저자가 해답을 찾는 과정에서 만난 수십 명의 전문가 중에서 유명 펀드매니저에게 들은 이야기이다. 이런 경우 대부분의 사람은 불평만 늘어놓다 한발 늦은 선택을 하거나 자신도 모르게 질서 밖으로 밀려나 영영 아웃사이더가 될까 전전긍

궁하며 시간을 보내기 마련이다. 그러나 저자가 만난 전문가와 부자들은 생각부터 달랐고 알고 있는 정보 역시 차원이 달랐다. 하지만 저자는 희망이 있다고 말한다. 지금은 내가 발로 뛰면 얼마든지 고급정보를 얻을 수 있는 시대다. 뉴스 각종 리포트, 유튜브 등 수많은 단서가 널려 있고 이 정보들을 하나하나 꿰어가면서 공식을 만들면 된다. 그래서 '지금은 위기를 공부해야 할 때'라고 조언한다. 그렇게 저자는 오랜 분석과 연구를 통해 인생이 내준 숙제를 풀어갔고 마침내 네 가지 공식을 찾아내는데 성공한다. '언택트를 넘어 온택트로 세상과 연결하라', '디지털 트랜스포메이션으로 완벽히 변신하라', '자유롭고 독립적으로 인디펜던트 워커로 일하라', '세이프티, 의무가 아닌 생존을 걸고 투자하라'라는 공식을 자세히 설명하면서 저자가 겪은 일화와 사회 변화를 분석한 내용을 쉬운 언어로 이해하기 쉽게 알려준다.

특히 저자가 이런 공식을 찾을 수 있었던 시작점은 캘리포니아에서 날아온 한 통의 메일 덕분이었다. 미국에서 요청받은 화상 강의를 통해 비대면 강의도 대면 강의와 같은 가치로 인정받을 수 있다는 것을 알게 되면서 생각의 변화가 생겼다고 한다. 저자는 이를 바로 실행으로 옮겼다. 본인이 운영하고 있는 MKYU에서 최초의 온라인 러닝랩을 열었고, 러닝랩의 성공과 여러 온라인 플랫폼 활용으로 언택트 세상에서 사람들을 연결해줄 유일한 방법은 온라인뿐이라는 것을 확신하게 되었다. 이렇게 조직에 연연하지 않으면서 자유롭고 독립적인 미래형 인재가 되는 방법을 제시하며 온택트 시대를 살아가는 구체적인 방법을 알려준다. 그중 인디펜던트워커가 되어야 한다는 말이 특히 인상 깊었다. 어떤 외부 변수가 닥쳐도 내 일을 잃지 않는 사람이 되어야 한다는 것이다.

> 인디펜던트 워커는 앞으로 직업의 미래가 될 것이다. 직장에 다니면서도 '어떻게 살 것인가?'라는 질문을 끊임없이 하고 자신이 원하는 삶에 합당한 일을 하길 원할 것이다. 함께 일한다 해도 인디펜던트 마인드로 협업하게 될 것이다. 이미 많은 밀레니얼들이 이렇게 일하고 있다. (115쪽)

저자는 일은 무너져도 나는 무너지지 않도록, 인디펜던트로 리부트 할 시대가 왔다고 말하며 인디펜던트 워커가 갖춰야 할 다섯 가지 조건도 함께 제시한다. 사실 쉽게 갖출 수 있는 조건들은 아니다. 저자도 이런 점을 아는지 어려움에 봉착했을 때 어떤 마인드가 필요한가에 대한 친절한 설명을 곁들이며 현실적인 해법을 제시한다. 이 책은 '코로나로 멈춘 나를 다시 일으켜 세우는 법'이라는 부제처럼 많은 독자들을 코로나 위기에서 구출해 줄 수 있는 힘을 가졌다. 물론 이 책을 읽는 순간 내 상황과 형편이 알라딘의 램프처럼 단번에 바뀌는 마법은 기대하지 않는 게 좋다. 책 속에 나오는 질문과 해법을 내 것으로 만들어 내가 가진 콘텐츠를 잘 활용하는 사람만이 코로나 시대에 살아남는 승자가 될 것이다. 『김미경의 리부트』는 코로나 이후 낯선 세상에서 '나는 어떻게 살 것인가' 고민하는 사람들에게 적절한 해법을 제시하고 있다. 코로나로 생계가 막막해진 자영업자, 프리랜서, 콘텐츠 개발자 등 코로나 시대를 살아가는 모든 이들에게 권하고 싶은 책이다.

 함께 읽으면 좋은 책

1. 『나의 하루는 4시 30분에 시작된다』 / 김유진
2. 『멘탈의 연금술』 / 보도 섀퍼
3. 『킵고잉』 / 주언규

나를 위해 떠난 그곳에서는
빛이 비칠 거야

『먹고 기도하고 사랑하라』 엘리자베스 길버트 지음

자신을 향한 날갯짓

『데미안』 헤르만 헤세 지음

삶이 나에게 거는 기대를 찾아서

『빅터 프랭클의 죽음의 수용소에서』 빅터 프랭클 지음

나에게 서평이란?

나에게 서평은 아리아드네의 실과 같다. 미로 속에 빠져 책을 읽고 글을 쓰면서 길을 찾고 있다.

조서연

디즈니 애니메이션 '미녀와 야수'를 테이프가 늘어지도록 보던 어린이는 주인공 벨(Belle)처럼 마음을 따라 자유롭게 살고자 희망했다. 하필 모범생이었던 탓에 사회가 잘 닦아놓은 길을 걷던 어른아이는 뒤늦게 자신의 길을 찾고자 어린 시절 꿈을 하나하나 실현해 가고 있다. 책을 읽고 글을 쓰는 것 또한 이 여정의 하나이며 미술인, 행사 MC로서의 행보도 넓혀가기 위해 노력하고 있다.
인스타그램 @stephanette_rina

나를 위해 떠난 그곳에서는 빛이 비칠 거야

『먹고 기도하고 사랑하라』
엘리자베스 길버트 지음 / 노진선 옮김 / 민음사 / 2017

　길을 잃었다고 생각할 때가 있었다. 어린 시절의 꿈은 하나 둘씩 멀어져갔고, 대신 나는 안락한 사무실 속 내 자리에 앉아 있는 아주 보통의 직장인이 되었다. 사회가 마련해 준 그 공간은 안정적이었지만 그 속에 들어 앉아있을 때면 숨이 막히는 것 같았다. 쓸모 있는 사회인임을 증명받은 자리였으나 어쩐지 내 자리 같지 않았다. 조직의 견고한 답답함이 나를 조여오는 순간을 견디지 못할 때면 자리를 박차고 일어나 회사 근처인 광화문 주위를 맴돌았다. 그렇게 빙빙 돌고 나면 제 자리를 찾을 것처럼.

　그날도 나는 퇴근 후 집에 곧장 가지 않고 여느 때처럼 광화문과 서촌 일대를 거닐고 있었다. 한 가지 다른 점이 있다면 서점에서 산 책 두 권을 품고 있었다는 것이다. 하나는 전

원경 예술 전문 작가의 『런던 미술관 산책』, 다른 하나는 엘리자베스 길버트의 『먹고 기도하고 사랑하라』였다. 미로만큼 복잡하게 얽힌 머릿속에서 빠져나오기 위해 본능적으로 책을 향해 손을 뻗었다. '먹고', '기도하고', '사랑하면' 나는 이 모든 복잡한 문제를 날려버릴 수 있을까? 인생이 이런 단순하고도 본질적인 것만으로도 굴러갈 수 있는지 궁금했다. 책을 다 읽고 줄리아 로버츠 주연의 동명으로 나온 영화까지 보고 난 뒤 나도 여행을 떠나기로 했다. 여행의 목적은 나를 찾아서, 목적지는 영국 런던. 표면적인 이유는 19세기 중엽 영국에서 일어난 예술운동인 라파엘전파(Pre-Raphaelite Brotherhood)의 작품을 보고 싶다는 것이었지만 사실 내가 보고 싶은 것은 나 자신이었다. 나라는 그림이 어떤 모양과 색을 지녔는지 절실하게 알고 싶었다.

나는 혼자서는 국내 여행도 제대로 못 하는 겁쟁이다. 이런 나를 그 먼 곳까지 보내버릴 만큼 매혹적인 책을 쓴 엘리자베스 길버트는 대체 어떤 사람일까? 저자는 발표하는 작품마다 평단과 대중의 찬사를 받는 미국의 소설가이자 저널리스트이다. 단편 소설집 『순례자들』, 장편 소설 『엄격한 남자들』, 『마지막 미국인』으로 작가로서의 입지를 탄탄히 다졌다. 게다가 미국 유명 패션 잡지인 『GQ』에서 기자로 일하며 세 번이나 미국 잡지 대상 후보에 오를 정도로 명성을 쌓았다. 뉴욕 맨해튼의 아파트에서 안정적인 결혼 생활도 누리고 있었으니 누가 봐도 남부러운 것 없는 삶이었다. 하지만 저자는 어느 날, 자신의 삶이 사실은 본인이 원하는 게 아니었다는 것을 깨닫는다. 결혼한 사랑스러운 아내라면 당연히 원해야 할 아이를 원하지 않는다는 사실에 스스로 놀라고 절망한 저자는 욕조 바닥에 주저앉아 흐느낀다. 그렇게 산산이 부서진 자신을 느끼며 뉴욕이 아닌 지구 어딘가에 흩어져 있을 자신의 조각들을 그러모으기 위해 낯선 곳으로 여행을 떠난다.

떠나는 사람은 행복하지 않은 사람이다. 지금 있는 곳에서 나로서 온전할 수 없다면 어딘가에서 나를 찾고 있을 또 다른 나를 향해 떠나야 한다. 저자는 이탈리아에서 식도락 여행을 즐기며 아름다운 이탈리아어의 향연에 흠뻑 빠진 자신을 만난다. 인도에서는 명상을 통해 돌이킬 수 없는 과거를 향해 작별의 인사를 건넬 줄 알며 타인을 위해 기꺼이 헌신하는 자신을 발견한다. 그리고 인도네시아에서는 새로운 사랑을 만나 다른 세계로 용기 있게 건너가는 자신의 모습을 마주한다.

"깊은 슬픔은 때때로 특별한 장소가 되기도 해요. 시간이라는 지도상의 한 좌표처럼요. 그 슬픔의 숲에 서 있노라면 도저히 그곳을 빠져나올 수 없을 것만 같죠. 그럴 때 누군가가 자기도 거기에 가 봤고 이제는 빠져나왔다고 말해주면 희망이 생기는 법이에요." (145쪽)

로마에서 저자는 언어 교환 파트너 조반니와 서로의 언어를 가르쳐주면서 언어 속에 담긴 의미를 이해한다. 나도 다 겪어봤다는 뜻인 "I've been there."는 내가 온통 고통과 슬픔만 가득한 곳에 가봤다는 이야기이다. 내가 가봤기에 지금 당신이 그곳에서 슬퍼하는 걸 이해할 수 있다는 친절하고 다정한 속뜻을 갖고 있다. 이 책은 저자가 있었던 슬픔의 장소에서 쾌락의 장소, 영성을 찾는 곳, 완벽한 균형을 선물처럼 만나게 된 곳을 차례로 소개하며 아직 한곳에 머물러 있는 사람들에게 유쾌한 용기와 따뜻한 위로를 건넨다.

나 또한 혼돈과 슬픔으로 가득 찬 이곳을 떠나고 싶었지만 망설이던 참이었다. "나도 겪어봤으니 너도 경험해 봐!"라며 은근하지만 강렬하게 내 팔꿈치를 찔러댄 이 책 덕분에 자아 찾기 여정에 오를 수 있었다. 안타깝게도 런던에서는 진정한 나를 찾지 못했지만 대신 날 닮은 그림을 만났다. 테이트 브리튼(영국 런던의 템스 강변 밀뱅크에 있는 국립미술관)에서 우연히 마주친 그 그림에는 한 소녀가 그려져 있었다. 내리는 비를 맞으며 회색빛 거리에 오도카니 서 있는 소녀는 넝마를 걸치고 있었고 눈빛은 슬픔에 젖어 촉촉했다. 하지만 손에 들고 있는 노란 꽃만큼은 빛났다. 한 가닥 희망을 상징하는 것처럼 보였던 그 꽃을 보며 낡고 초라한 내 모습 위로 희망의 빛이 비추길 바랐던 것일지도 모르겠다.

반딧불이, 그게 바로 린다다. 중세 베네치아에는 한때 코데
가(codega)라는 사람들이 있었다. 밤길을 걸을 때 길을 밝히
는 동시에 도둑과 악마를 쫓아내기 위해 불이 켜진 램프를
들고 앞장서서 걸어가도록 고용된 남자들이었다. 이들 덕
분에 사람들은 어두운 밤거리에서도 자신감과 든든함을 느
낄 수 있었다. 내가 여행용으로 특별 주문한 베네치아식 임
시 코데가가 바로 린다였다. (198쪽)

    나를 찾기 위해 회사 밖으로 뛰쳐나갈 결심을 한 건 런던
자아 찾기 여행을 다녀온 후로도 1년 반은 더 지나서였다. 퇴
사 후 이번에는 뉴욕으로 여행을 떠났다. 어쩌다 할렘가와 그
리 멀지 않은 곳에 숙소를 잡게 되었다. 밤늦게 근처 마트에
서 먹을거리를 사서 길을 걷고 있었는데, 어둡고 외진 곳이라
우리 일행은 무서움에 몸을 떨며 걸음을 재촉했다. 그때 하얀
형광등 같은 빛이 동그랗게 우리를 비췄다. 고개를 들어 위를
보니 웬 남자가 우리를 향해 빛을 비추고 있었다. 소스라치게
놀란 우리는 달음질쳐 숙소로 돌아왔고 주인 언니에게 이야
기를 전했다. 주인 언니가 말하기를, "그 사람 친절하네. 길 잃
지 말라고 빛을 비춰준 거잖아." 우리 인생 여정도 그런 게 아
닐까. 나는 나를 잃은 채 아무것도 보이지 않는 길을 정처 없
이 떠돈다고 생각했지만, 사실은 무언가가 위에서 빛을 비춰
주고 있었다. 그리고 그 빛은 내가 끌어온 것이었다. 저자가
자신을 찾기 위해 모든 것을 버리고 1년여의 긴 여행을 한 것,

내가 이 책을 날 비춰주는 빛으로 삼아 나를 찾는 여행을 시작한 것. 이 모든 게 내가 날 위해 준비한 것이었고, 또 준비된 것이었다. 사람은 누구에게나 자신만의 빛이 있다. 지금 자신이 있는 곳에서 그 빛을 찾을 수 없다면 이 책을 읽고 여행을 떠나보길 바란다. 그곳이 어디가 되었든 당신의 '코데가'를 만날 수 있을지 모른다.

 함께 읽으면 좋은 책

1. 『미드나잇 라이브러리』 / 매트 헤이그
2. 『참을 수 없는 존재의 가벼움』 / 밀란 쿤데라
3. 『달과 6펜스』 / 서머싯 몸

『데미안』
헤르만 헤세 지음 / 전영애 옮김 / 민음사 / 2000

> 내 속에서 솟아 나오려는 것,
>
> 바로 그것을 나는 살아보려고 했다.
>
> 그러기가 왜 그토록 어려웠을까?

모든 것은 의문을 품는 데서 시작되었다. 의문을 품었기에 날 때부터 속했던 밝은 세계에서 벗어나 어두운 세계에 발을 담그고자 했다. 의문을 품었기에 동급생들과 다른 사람인 데미안과 친구가 되었다. 의문을 품었기에 철저히 혼자가 되는 시간을 통해 고뇌 속에서 자신을 찾았다. 그리고 그 모든 의문은 싱클레어가 알에서 빠져나와 아브락사스 곁으로 갈 수 있는 날개가 되어주었다.

"새는 알에서 나오려고 투쟁한다. 알은 세계이다. 태어나려고 하는 자는 하나의 세계를 깨뜨려야 한다." 청춘 소설의 바이블로 널리 알려진 『데미안』에 나오는 유명한 말이다. 이 소설은 싱클레어라는 소년이 자신이 속한 세계를 기꺼이 파괴하고 자기 자신이라는 또 다른 세계에 도달하는 과정을 다룬 헤르만 헤세의 자전적 성장 소설이다. 데미안이란 말은 데몬(Demon)과 같은 뜻으로 '악마에 홀린 것'이라는 말에서 유래한다.

열 살의 소년 싱클레어는 부유한 집안의 자제들만 다니는 라틴어 학교에 입학한다. 싱클레어는 '사랑과 존경', '의무와 책임', '성경 말씀과 지혜' 등으로 대변되는 공인된 밝은 세계 속에 속하지만, '도살장과 감옥', '술 취한 사람들', '스캔들' 등으로 점철된 어두운 세계 또한 밝은 세계와 맞닿아 있다는 것을 인식하고 이 세계에 끌린다. 프란츠 크로머라는 불량한 학생과 교류하며 어두운 세계로 들어가게 된 싱클레어는 처음 겪는 혼란에 당황하고 그 속에서 길을 잃는다. 그런 그에게 기적적으로 데미안이 나타나 성서 속 '카인과 아벨'의 이야기를 전혀 새롭게 해석하면서 세상에 물음을 던지는 법을 가르쳐준다.

"사람들은 카인의 자손들이 무서웠어. 그들은 '표적'을 가지고 있었거든. 그러니까 사람들은 그 표적을, 그것의 원래 모습인 우월함에 대한 표창으로 설명하지 않고 반대로 설명

한 거야. 사람들은 말했지. 이 표적을 가진 녀석들은 무시무시하다고. 또 그들이 실제로 그렇기도 했어. 용기와 나름의 개성이 있는 사람들은 다른 사람들한테 늘 몹시 무시무시하게 느껴지거든. 겁 없고 무시무시한 족속 하나가 돌아다닌다는 것은 몹시 불편한 일이었지. 그래서 이제 이 족속에게 별명과 우화를 덧붙여 놓은 거야. 복수하기 위해, 견뎌낸 무서움을 모든 사람들을 위해 별로 해롭지 않게 억제해두기 위해. 이해되니?" (42-43쪽)

소년 싱클레어는 어두운 세계에서 벗어나 부모님이 계신 밝은 세계로 다시 돌아가지만, 데미안이라는 정신적인 구도자를 알게 된 이상, 더이상 아무것도 모르는 순진한 어린이의 세계에만 머물 수는 없었다. 경외감과 두려움을 동시에 심어주는 데미안과 어울리며 점차 규정된 세계에서 벗어나 자신만의 세계로 들어가는 법을 익혀간다. 이런 일련의 과정은 정반합을 통해 일어난다. 밝은 세계와 어두운 세계, 감각을 통해 받아들이기만 하는 어린아이의 세계와 사유하는 어른의 세계를 통합해야 한다. 절망과 공허 속에서 새로운 숭배의 대상을 찾아 헤매던 싱클레어는 베아트리체라는 소녀를 자신의 우상으로 삼아 스스로 삶을 일군다. 얼마 후 오르간 연주자 피스토리우스라는 멘토를 만나 선과 악의 양면성을 지닌 신 '아브락사스(Abraxas)'에 대한 이야기를 듣고 그의 사상을 흡수하면서도 자신의 의견과 생각을 견지하면서 자기 세계로 한 걸음

더 들어간다.

> 붕대를 감을 때는 아팠다. 그때부터 내게 일어난 모든 일이
> 아팠다. 그러나 이따금 열쇠를 찾아내 완전히 나 자신 속으
> 로 내려가면, 어두운 거울 속에 운명의 영상들이 잠들어 있
> 는 곳으로 내려가면 그곳에서 나는 그 검은 거울 위로 몸을
> 숙이기만 하면 되었다. 그러면 나 자신의 모습이 보였다. 이
> 제 그와 완전히 닮아 있었다. 그와, 나의 친구이자 인도자인
> 그와. (219쪽)

다시 데미안을 만난 싱클레어는 데미안과 데미안의 어머니
인 에바 부인과 진정으로 즐거운 한때를 보내지만 제1차 세계
대전 속에서 데미안을 먼저 떠나보내고 홀로 남겨진다. 그후
싱클레어는 자신을 구원으로 이끈 데미안이 실은 내면에 있
는 자기 자신이었음을 마침내 깨닫는다. 살아가면서 아픔을
피할 수는 없지만 그럴 때면 자신 안으로 들어가 해답을 찾을
수 있다는 것도. 청춘의 기나긴 고뇌와 방황 끝에 그는 드디
어 거울처럼 잔잔한 자신의 모습을 마주한다.

사람들은 늘 외부의 힘에 흔들린다. 공동체, 교리, 관습, 사
회 이 모든 영향에서 벗어나 자신답게 살아가는 것은 쉬운 일
이 아니다. 『데미안』에서는 이런 외부의 요소가 부모님, 학교
수업, 프란츠 크로머 등으로 대변되지만, 가장 정점에 이르는

것은 제1차 세계대전이다. 개인성과 개별성은 상실되고 국가와 공동체라는 하나의 목적을 위해 달려가는 혼돈의 시기 속에서 헤르만 헤세는 개인과 실존에 대해 의문을 던지고자 했다. 저자는 자신의 유명세에 기대지 않기 위해 익명으로 이 책을 냈고, 이를 통해 자신이라는 본질에 다가가기를 원했던 것으로 유명하다.

본질에 다가서는 것은 두렵다. 익숙한 것을 깨버리는 대가로 그 파편에 맞아 고통스러워야 하며, 타인과는 다른 길을 걷는 데서 오는 외로움을 견뎌야 하기 때문이다. 새로운 세계를 향한 날갯짓은 비바람에 꺾이기 일쑤이며 추락할 것만 같은 아찔한 느낌도 참아야 한다. 그러나 아직 자신이라는 세상에 도달하지 못했다고 하더라도 사실 자신이 날고 있음을 믿어야 한다. 본질과 진리를 향한 날갯짓 덕분에 하늘로 떠올라 날고 있다는 사실을 믿는다면 자신에게로 향하는 여정이 그리 힘들지만은 않을 것이다.

 함께 읽으면 좋은 책

1. 『수레바퀴 아래서』 / 헤르만 헤세
2. 『나르치스와 골드문트』 / 헤르만 헤세
3. 『월플라워』 / 스티븐 크보스키

삶이 나에게
거는 기대를
찾아서

『빅터 프랭클의 죽음의 수용소에서』
빅터 프랭클 지음 / 이시형 옮김 / 청아출판사 / 2020

"사람들은 왜 살아가는 것 같나요?"

나는 앞에 앉은 사람에게 물었다. 나와 종종 진지한 이야기를 나누곤 했던 전 직장동료인데, 그는 이번에도 나의 진지하고 심각한 질문을 받고 잠시 어리둥절하더니 대답했다. "글쎄요, 태어난 기회를 주신 건 부모님이지만 세포분열을 한 건 나고, 그래서 강력한 생존본능을 지닌 것도 나 아닐까요?"

나는 늘 궁금했다. 어느 날 눈을 떠보니 나라는 사람이 있다. 원하든 원하지 않든 나는 이 세상을 살아간다. 그 삶이 행복하기만 하면 좋으련만 인생은 그리 호락호락하지 않다. 그렇다면 살면서 찾아오는 시련은 무슨 의미이며 나는, 아니 사람들은 인생을 왜 살아가는가? 어느 날, 발길 닿는 대로 들어간 서점에서 내 물음에 답을 해주는 책을 만났다. 바로 『빅터 프랭클의 죽음의 수용소에서』이다. 사실 마음이 많이 힘들던 때라 그랬겠지만, 그 어떤 경우도 '죽음의 수용소'에서 겪는 일보다는 낫겠지 하는 일말의 위안을 갖고 책장을 넘겼다. 그때 창문 사이로 쏟아져 들어와 책 위로 투명하게 어룽졌던 햇빛이 지금도 기억난다.

이 책은 인간의 존엄성과 삶의 의미를 다루고 있다. 저자 빅터 프랭클은 오스트리아 출신의 유대계 정신과 의사이다. 제2차 세계대전 중 아우슈비츠와 다하우 강제 수용소를 경험하고 극한의 상황에서 드러나는 인간 심리의 변화와 실체, 실존의 모습을 보았다. 저자는 이때의 체험을 바탕으로 '로고테라피(Logotherapy)'라는 심리요법을 창시했는데, 로고테라피는 '삶의 가치를 깨닫고 목표를 설정하도록 하는 것에 목적을 둔 실존적 심리치료 기법'을 말한다. 즉, 인간 존재의 의미와 그 의미를 찾아 나서는 인간 의지에 중점을 둔 이론이다.

강제수용소는 지금의 우리라면 상상할 수 없는 일들이 일어나는 곳이다. 그곳으로 이송되어 온 사람들은 가지고 있는 모든 물건을 빼앗기고 말 그대로 몸뚱이만 남는다. 모든 것이 사라지고 인간 본연의 모습을 있는 그대로 마주하며 충격을 받는다. 그 이후에는 정신적 충격을 완화하기 위한 무감각의 상태가 된다. 두 시간 전만 해도 함께 이야기를 나누었던 사람이 싸늘한 시신이 되었는데도 그 앞에서 아무렇지 않게 수프를 후후 불어먹는 경우도 있다. 이런 무감각의 상태가 계속되다보면 자유의 몸이 되어서도 그 심리적 충격에서 쉽게 헤어 나오지 못한다. 저자는 이런 극한의 상황에서도 사람들이 시련을 대하는 태도와 인생을 살아가는 자세가 서로 다르다는 것을 발견한다. 어떤 수감자는 다른 수감자들을 감시하고 학대하는 카포가 되는가 하면 어떤 수감자는 자신보다 더 약한 사람을 위해 얼마 안 되는 음식을 양보하기도 한다. 죽음 앞에서 주기도문을 외우며 굳건한 모습을 보이는 사람도 있고 자신에게 찾아온 시련을 감사하게 받아들이며 삶의 의미를 깨닫는 사람도 있다.

> 정말 중요한 것은 우리가 삶에 무엇을 기대하는가가 아니라 삶이 우리에게 무엇을 기대하는가 하는 것이라는 사실을. 삶의 의미에 대해 질문을 던지는 것을 중단하고, 대신 삶으로부터 질문을 받고 있는 우리 자신에 대해 매일 매시간 생각해야 할 필요가 있었다. 그리고 그에 대한 대답은 말이나 명상이 아니라 올바른 행동과 올바른 태도에서 찾아야 했다. 인생이란 궁극적으로 이런 질문에 대한 올바른 해답을 찾고, 개개인 앞에 놓인 과제를 수행해 나가기 위한 책임을 떠맡는 것을 의미한다. *(124쪽)*

저자는 삶에 대한 기대를 잃어버린 사람에게 역설적으로

삶이 우리에게 무엇을 기대하는지를 찾아야 한다고 이야기한다. 이는 누군가에게는 자신이 돌보아야 하는 아이를 책임지는 것이 되고, 어떤 이에게는 미발표 원고의 집필을 마쳐야 하는 사명이 되기도 한다. 삶이 우리에게 부여한 과제가 무엇인지를 알아차리고 이를 책임감 있게 완수하는 것, 시련조차 의미로 받아들이고 이 안에서 인간적인 성취를 일구는 것이야말로 삶이 우리에게 기대하는 바이고 우리가 살아가야 하는 이유라고 역설한다.

저자는 책의 첫머리에서 '이 책은 강제 수용소에서 많은 사람이 겪은 작은 고통의 이야기'라고 말한다. 수용소의 참상을 거시적이며 객관적으로 기술한 것이 아니고, 어떤 한 영웅적인 사람의 이야기를 기리는 것도 아니다. 이름 없이 역사 속에 스러져간, 그럼에도 자신에게 닥친 험난한 운명을 피하지 않고 마주한 사람들의 이야기를 담았고 그 속에서 여전히 살아가야 하는 이유를 밝혔다.

제2차 세계대전과 강제수용소라는 시공간이 어쩌면 너무 멀게 느껴질지도 모르겠다. 하지만 사람은 스스로 마음에 감옥을 만들고 산다. 그 감옥 속에서 삶의 의미와 존엄성을 찾아 자유를 찾는 사람들은 생각보다 많지 않다. 나만의 작은 감옥 속에서 자신에게 질문을 던져보자. '내게 주어진 시련은 무엇이고 이를 완수하기 위해서 나는 무엇을 해야 하는지, 삶에서 내가 궁극적으로 찾아야 할 의미는 무엇인지.' 그렇게 나만의 삶의 의미를 찾다 보면 그 비좁은 마음의 감방 안으로 따뜻한 햇살이 번져 들어올지도 모른다.

 함께 읽으면 좋은 책

1.『고도를 기다리며』/ 사무엘 베케트
2.『삶의 의미를 찾아서』/ 빅터 프랭클
3.『그럼에도 삶에 '예'라고 답할 때』/ 빅터 프랭클

서평가 **조인수**

배를 만들어 코딩의 바다로 가는 법

『코딩진로』 류채윤, 맹윤호, 박민수 지음

시인보다 더 시인

『꿈틀꿈틀 마음 여행』 장선숙 지음

그래서 지금 행복하십니까?

『청소부 밥』 토드 홉킨스, 레이 힐버트 지음

나에게 서평이란? 가지 않은 길에 대한 동경으로 시작한 새로운 도전이다.

조인수 36년간 한 직장에서 행정직으로 몸담고 있다. 정년을 눈앞에 두고 차근히 퇴직 준비를 하고 있다. 사회적 약자의 직업 적응에 관심이 많아 북한 이탈 주민의 직장 예절과 구치소에서 진로와 연결시키는 집중 인성교육에 참여하고 있다. 여행을 좋아하고 도전을 즐긴다. 자기 계발 휴직을 통해 어학 연수를 다녀왔고 어학 연수지인 몰타를 그려내는 글을 쓰고 싶어 한다. 공저로『책과 함께하는 행복한 진로』를 썼다.
chois8899@hanmail.net

배를 만들어 코딩의 바다로 가는 법

『코딩진로』

류채윤, 맹윤호, 박민수 지음 / 로크미디어 / 2021

우리는 인터넷이 보편화 된 세상을 살고 있다. 가깝게는 스마트폰에서부터 배달앱에 이르기까지 실생활에서 IT 기술을 요긴하게 사용하고 있다. 한국고용정보원이 발표한 '2021 한국직업전망'을 보면 2010년 중반 이후 디지털 전환에 따른 4차 산업혁명 시대의 도래를 언급했으나 코로나로 인해 일과 직업의 세계에서 디지털 전환이 더 빠르게 이루어지고 있다. IT와 AI의 발달로 사람의 손을 필요로 하던 많은 직업이 사라지고 있다. 대신 그 자리에 IT, AI를 운용하는 인공지능전문가, 무인자동차 엔지니어, IT 전문가, 로봇기술자 등 새로운 직업이 생겨나고 있다. 대학을 졸업하고도 일자리를 찾기 어려운 전공이 있는 반면에 정보통신과 컴퓨터 분야의 전공자들은 몸값을 올리며 손쉽게 취업하고 있다.

『코딩진로』는 세 명의 저자가 공동으로 집필했다. '1부 개발자의 시선'을 쓴 맹윤호는 문과 출신 엔지니어다. 국문학을 전공한 학사 이력으로 데이터 분석 전공 석·박사 전향에 성공했다. 석사 졸업 후 유명한 외국계 IT기업의 Data & AI 부서에서 엔지니어로 근무한 이력이 있다. '2부 취업 컨설턴트의 시선'은 국내 최대 HR전문기업에서 취업컨설턴트로 일하며 다양한 채용프로그램을 기획하고 운영해 온 류채윤이 담당했다. '3부 인사 담당자의 시선'은 IBM 인사부에서 근무했던 박민수가 맡았다. 해외 6개국에서 경험한 글로벌 감각을 바탕으로 취업준비생에게 멘토 역할을 했던 경험을 중심으로 외국계 및 해외취업을 꿈꾸는 지원자들이 유용하게 활용할 수 있는 내용으로 초점을 맞췄다. '4부 각자가 바라본 IT 전망'은 IT 진로를 고민하는 이들을 위한 지침서로 모두가 취업난을 이겨내고 성공하라는 메시지를 담았다.

취업을 하고 싶다면 먼저 자신의 전공부터 살펴야 한다. 특히 '1부 개발자의 시선'은 전공의 갈림길에서 먼저 선택해야 하는 전공의 고민 해결을 강조하고 있다. 탈무드의 물고기를 주지 말고 물고기 잡는 법을 가르치라는 격언처럼 자신의 전공을 찾아가는 과정에서 겪을 시행착오를 줄이는 방법을 안내하고 있다. 인문계 고등학교를 졸업하고 국문학을 전공한 저자가 프로그램 개발자로 성장해 가는 과정에서 겪은 일들을 후배들에게 친절하고 상세하게 전한다. '배를 만들어 코딩의 바다로 나간다'라는 표현을 빌어 프로그래밍이라는 바다를 동경하여 IT 분야의 일을 찾기까지의 진로탐색 프로세스를 가감 없이 알려준다. 단순히 자신의 경험만을 들려주는데 그치지 않고 직업을 선택할 때 중요한 탐색 기간이나 방법에서 새로운 직업까지 다양한 방법이 있음을 소개하며 워크넷뿐만 아니라 기업의 채용관련 홈페이지도 적극적으로 활용하라고 일러준다. 문과 졸업생에서 꿈과 적성을 찾아 프로그램 개발자로 변신하기까지의 과정이 생생하게 담겨있다.

저자는 현재의 직업을 찾기까지 여러 과정을 거쳤다. 교사가 되기 위해 교직을 이수했고, 어릴 적 배우의 꿈을 실현하고자 단역배우로 활동하기도 했다. 또 소설가가 되기 위해 소설론 수업을 듣기도 했고 카페 아르바이트를 통해 험난한 자영업의 모습도 옆에서 지켜봤다. 특히 자신의 적성을 알아보기 위해 C++ 프로그래밍을 학과교차 교양과목으로 수강을 신청하는 과정의 에피소드와 어린 시절 비메이커 컴퓨터를 가지고 하드웨어 소프트웨어의 오류를 직접 해결한 경험이 IT 분야로 전향하는 밑거름이 되었다는 고백이 실감나게 다가왔다. 그 후 틈틈이 웹 개발 공부를 하고 해외 인턴 프로그램을 통해 미국행 비행기를 탄 것 역시 실패에 대한 좌절이 아니라 새로운 도전의 기회였음을 밝히고 있다.

많은 사람이 나의 대학원 진학 동기에 관해 물어보곤 한다.

아마도 '비전공자라 떨어졌어...' 이 한마디가 정말 많은 것을 설명해 주리라. 이 문장에서 중요한 것은 무엇일까? '비전공자'라는 부분일까? 나는 이 말을 하는 '자신'에서 단서를 찾았다. 이 한마디에서 가장 중요한 건, 스스로 자신에게 변명하고 이를 수긍하는 모습이 보인다는 점이다. 취업에 어려움을 겪을 때면 늘 이런 변명이 내면에서부터 나를 따라다니곤 했다.
'나는 서울대, 연대, 고대 출신도 아니고 더더구나 프로그래밍과 거리가 먼 국어국문학과 출신이기 때문에 안 된 것이다.' (135쪽)

 이렇듯 저자는 국문과 출신으로 이공계에 발을 붙이려고 노력한 과정에서 슬럼프도 맛보았다. 실패의 원인을 자신의 준비부족으로 돌려 대학원을 선택했고 취업준비를 늘릴 수 있는 측면이 있다고 이야기한다. 취업이 안 되는 요인을 외부로 돌리고 도피형 동기로 대학원을 진학하는 것과는 사뭇 다르다. 포기하고 싶은 순간에도 절망하지 않고 스스로를 점검하고 되돌린 사례다. 취업이 안 된다고 무턱대고 대학원에 가는 경우와 진지한 고민 끝에 대학원 진학을 결정한 사람은 경쟁 자체도, 대학원 공부를 하기 위한 준비 기간도 차이가 나고 합격 후에도 배로 노력해야 한다는 점을 일러준다. 대학원 준비과정에서는 자신이 준비한 대학원 모집공고와 대학교의 공식 홈페이지에만 공고되는 모집 요강까지 꼼꼼히 체크하면서 정성적 조사와 정량적 조사를 함께 준비했던 자신의 경험을 들려준다. 거기다 대학원 과정 선택, 연구실 컨택, 영어 학습 정도, 전공지식과 학업계획서 작성, 장학금 제도 등 실질적이고 구체적인 조언을 아끼지 않는다. 이 책을 잘 활용하면 스펜서 존슨의『누가 내 치즈를 옮겼을까?』처럼 수많은 변화의 순간을 만나며 일일이 치즈를 찾아다니지 않아도 된다. 이미 치즈가 놓여있는 방을 자세히 그려 놓았기 때문이다.

몇 년 전부터 코딩이라는 단어가 우리 사회의 화두로 떠오르고 있다. 기존의 컴퓨터 학원들은 코딩이라는 단어를 넣어 간판을 바꿔 달고, 초등학교에서도 코딩을 가르치는 컴퓨터 선생님들의 인기가 높다. 코딩은 프로그래밍 전체 프로세스 중에서 실제 코드를 작성하는 일을 말한다. 전에는 이공계 학생이나 컴퓨터 분야에서 일하는 사람들만 쓰는 단어였지만, 지금은 일반 사람들도 이 용어에 익숙하다. 우리 삶을 편안하고 즐겁게 해 주는 TV, 컴퓨터, 로봇청소기, 홈 카메라 등 모든 것이 코딩 작업을 통해 입력하고 사물들은 입력된 명령대로 실행되는 것이다.

코딩을 꼭 배워야 할까? 앞으로 우리 삶은 컴퓨터와 동반되는 IT와 AI를 멀리하고 살 수 없다. 지금까지는 엑셀이나 워드 등 컴퓨터 활용 능력이 주요한 필수 역량이었다면, 이제는 간단한 코딩이나 IT에 대한 이해까지 필수 역량이 된다. 즉,

이제는 문·이과를 막론하고 코딩에 관한 이해도를 높여야만 생존할 수 있다는 것이다. 많은 젊은 대학생들이나 구직자들이 자신의 진로 계획이 맞지 않아 방황할 때가 있다. 특히 문과 전공생이 이공계로 진로를 바꾸거나 선택한 전공이 적성에 맞지 않아 방황하는 사람이라면 이 책의 지침과 조언을 등대 삼아 더 큰 바다로 나가 보라! 『코딩진로』는 진로를 고민하거나 프로그래밍이라는 바다로 가기 위한 항해에 분명한 길잡이가 될 것이다.

 함께 읽으면 좋은 책

1. 『구글의 아침은 자유가 시작된다』 / 라즐로 복
2. 『비전공자를 위한 이해할 수 있는 IT 지식』 / 최원영
3. 『누가 내 치즈를 옮겼을까?』 / 스펜서 존슨

시인보다 더 시인

『꿈틀꿈틀 마음 여행』

장선숙 지음 / 예미 / 2021

『꿈틀꿈틀 마음 여행』은 의정부교도소 장선숙 교감의 그림에세이다. 권기연 캘리그라피 작가와 함께 '꿈틀꿈틀' 마음을 움직인 책으로 일상에서 불안을 느끼거나 우울감을 겪는 사람들에게 편안하고 예쁜 말과 그림으로 위안을 준다. 첫 장을 펼치면 나태주 시인의 추천 시 '시인보다 더 시인'이 나온다. 빨리 책 속으로 들어와 보라고 손짓하는 듯 느껴져 한장 한장 정성껏 책장을 넘긴다. 책에는 다양한 의태어들이 등장한다. 많은 사람들이 의태어나 의성어를 흔히 듣고 말하지만, 정확히 어떻게 사용되는지 사전을 찾아보거나 깊이 들여다보지는 않는다. 구전으로 전해오는 익숙한 입말들을 그저 사용할 뿐이었다. 자연의 소리나 모양, 행동, 느낌, 상태 등을 표현하는 의태어는 우리말의 어휘력을 풍요롭게 하고 문해력을 키우는데 큰 도움이 된다. 의태어는 사람이나 사물 사이에서 자연스레 발생하는 여러 움직임이나 상태를 흉내 낸 말로 표준국어대사전에는 '~는 모양'이라고 서술된 단어는 모두 의태어라고 규정한다. 우리말에는 수많은 의태어가 있는데 '처묵처묵', '오글오글' 등 사전에 등재되지 않은 의태어들도 생겨나고 있다.

저자는 교도관으로 근무하며 수용자의 출소 후 성공적인 사회정착과 취업에 많은 관심을 가졌고 교정공무원의 행복한 진로에도 관심이 많다. 전작인 『왜 하필 교도관이야?』는 교정공무원으로 일하며 30여 년간 담장 안에서 겪은 크고 작은 일들과 교정(矯正)을 통해 변화하는 사람들의 이야기를 담았다. 교정을 통해 재발 범죄를 방지하고 교도소 담장 안과 담장 밖을 연결하려는 저자의 의지를 엿볼 수 있다. '꿈마행'이라고도 불리는 이 책은 저자의 두 번째 책이다. 첫 번째 책에서 표현하지 못한 에피소드를 의태어를 빌려 썼다. 우리가 익히 들어왔으며 늘 쓰는 단어들을 이렇게 글로 엮어 내리라고 누가 상상을 했을까? 어떤 훌륭한 작가나 시인이 이런 글을 쓸 생각을 했을까? 읽는 내내 감탄하며 책장을 넘겼다.

그동안 우산을 씌워주었을 때 보지 못했던 것들을 함께 비를 맞고 걸어보니 조금은 알 것 같습니다. 그동안 앞만 보고 가느라 둘러보지 못했던 우리에게 따뜻한 쉼이 필요하다는 걸 알게 되었습니다. 우리를 쓰담쓰담 해주고, 두근두근 설

레게 하고, 덩실덩실 춤출 수 있게 해줄 무언가가 필요하다
고 생각했습니다. *(15쪽)*

『꿈틀꿈틀 마음여행』은 읽기에 부담이 없다. 책의 한 면에
의태어로 제목을 넣고 그 제목과 어울리는 글과 의태어가 뜻
하는 내용을 설명했다. 저자의 글과 캘리그라피 작가의 그림
이 어우러져 지치고 힘들 때 '나만 힘든 게 아니었구나'라는
생각이 들며 저절로 편안한 느낌을 받는다. 특히 저자의 어린
시절 이야기가 나를 보듬어 주는듯했다. 저자가 누군가에게
받았으면 했던 보살핌과 관심받고 싶었던 아이의 마음을 어
른이 되어 선순환의 선한 영향력을 돌려주려 주변을 돌아보
는 꿈틀거림이 정답다. '힘이 들 땐 하늘을 봐 나는 혼자가 아
니야. 비가와도 모진 바람 불어도 다시 햇살은 비추니까' 책을
읽으며 나도 모르게 한 드라마의 OST를 흥얼거리는 것을 보
면 다른 어떤 사람의 마음도 그렇게 달래줄 듯하다.

이 책은 '1장 추운 겨울에 나를 만났습니다', '2장 봄과 함께
설렙니다', '3장 폭염과 장마에도 쑥쑥 커갑니다', '4장 가을 햇
살과 함께 익어갑니다', '5장 환절기'로 나누어 겨울을 시작으
로 총 20개 남짓의 의태어를 배분했다. 제목에 맞춰 의태어를
썼고 글 안에 더 많은 의태어가 들어있다. 책을 읽으며 우리
가 그렇게 많은 의태어를 사용하는 줄 처음 알았다. 책의 아
랫부분에는 읽는 사람들의 이해를 돕기 위한 의태어 설명까

지 달아 가독성을 높인다. 『꿈틀꿈틀 마음여행』은 저자의 진로 성장을 가져온 이야기들이 대부분이다. 그러면서 첫 번째 책에 담지 못했던 교도소 담장 안 이야기가 간간이 들어있다. 담장 안에서 힘든 시간을 견디며 자신들의 잘못된 시간을 수정하려 애쓰는 이들의 면면을 의태어를 옷 삼아 입혔다. 그래서 편하게 읽힌다. 어느 쪽을 펼쳐도 시처럼 읽게 되고, 잘 짜인 한편의 짧은 소설을 대하는 듯하다. 공감 가는 이야기가 있으며 삶의 교훈을 무겁지 않게 전하려는 저자의 마음이 내비친다. 첫 번째 책 『왜 하필 교도관이야』가 독자층이 한정되어 있었다면, 이 책은 누구나 쉽고 편하게 읽을 수 있다는 점이 돋보인다.

사회보장제도에 대한 베버리지 보고서의 구호로 '요람에서 무덤까지'의 완벽한 사회복지를 의미하는 구절도 있고 묻지도 따지지도 말라는 말을 자주 듣기도 한다. 이 책이 그렇다. 진로의 길잡이가 필요하거나 지금 처한 현실이 암울해 어떻게 해야 할지 몰라 갈팡질팡하는 사람이라면 큰 위안을 얻을 수 있다. 공부하는 학생들이나 가르치는 교사, 강사들에게도 의태어를 빌어 온기를 전하는 데 요긴하게 활용할 수 있는 책이다. 특히 가까운 지인들에게 마음을 담아 책을 선물하고 싶다면 이 책이 제격이다. 의성·의태어에 더 많은 관심이 있다면 장세이 작가가 쓴 『후 불어 꿀떡 먹고 꺽!』도 읽어보기 바란다. 책 제목, 절대 오타가 아니다.

함께 읽으면 좋은 책

1. 『마음에 빠지다』/ 이명주
2. 『나는 나와 놀아주기로 했다』/ 조선화
3. 『조금 알고 적당히 모르는 오십이 되었다』/ 이주희

그래서 지금 행복하십니까?

『청소부 밥』
토드 홉킨스, 레이 힐버트 지음 / 신윤경 옮김 / 위즈덤하우스 / 2006

　많은 사람이 행복을 좇지만, 실제 행복이 어디부터 어디까지인지 분간하지 못한다. 먹기 위해서 사는 것인지 살기 위해서 먹는 것인지 구분이 안 되는 경우도 많다. 대부분 현대인이 그렇듯 집과 직장을 오가며 다람쥐 쳇바퀴처럼 돌아가는 일상에 힘들고 지쳐 지낼 때 이름난 리더십 강연자인 두 저자가 쓴 『청소부 밥』이 눈에 띄었다. 나온 지 15년도 더 된 책이지만 성공을 위해 앞만 보고 달리다 번 아웃 된 현대인들에게 진정한 삶의 행복과 소중한 가치를 일깨워주는 책으로 유명하다. 많은 자기계발서가 '지금 당장 바뀌지 않으면 미래는 없다'라고 강요하는 것과 달리 이 책은 '성공은 삶의 본질이 아니다'라는 기본 전제 아래 일상의 작은 일과 흥미로운 경험담을 중심으로 생각할 거리를 던져준다.

우리는 인생에서 많은 것을 전임자에게 배운다. 전임자는 어디에나 있다. 학교에서는 선생님에게 배우고, 회사에서는 사수에게 배우고, 집에서는 집안의 어른이나 형제·자매에게 배우기도 한다. 『청소부 밥』은 경영 위기에 처해있던 한 CEO가 사무실에서 우연히 만난 청소부에게 인생의 지침이 되는 소중한 가르침을 받는 이야기다. 젊은 나이에 CEO가 된 로저는 겉으로 보기엔 행복할 것 같지만 바쁜 일과 탓에 아내와 아이들과 함께 지내는 시간이 없다. 거기다 회사는 경영 위기에 처한 상태다. 그런 로저가 우연한 기회로 회사에서 청소 일을 하는 밥 아저씨와 친구가 되었다. 밥 아저씨는 경쟁에서 살아남아 성공하는 방법을 가르쳐 주는 대신 직장생활과 가정생활 모두를 조화롭게 이끄는 삶으로 로저를 안내한다. 밥은 자신의 인생을 변화시켰던 '앨리스의 여섯 가지 지침'을 로저에게 들려준다. '첫째, 지쳤을 때는 재충전하라', '둘째, 가족은 짐이 아니라 축복이다', '셋째, 투덜대지 말고 기도하라', '넷째, 배운 것을 전달하라', '다섯째, 소비하지 말고 투자하라', '여섯째, 삶의 지혜를 후대에게 물려주라'가 그것이다.

로저는 아내의 생일도 잊고 중국 바이어를 만나 계약을 따내고 집으로 돌아왔지만, 비서가 보낸 꽃다발을 보고 숨이 멎을 것 같았다. 밥 아저씨는 자신을 일벌레라 자책하는 로저를 위로하며 일주일에 한 번씩 만나 지침을 전해주기로 약속한다. 로저는 6주가 지나면 뭔가 달라질 것이라는 밥 아저씨의 말에 반신반의하지만 일단 시도해 보기로 한다. 일도 손에 잡히지 않고 스트레스를 받을 때 새로운 취미를 만들라는 밥 아저씨의 조언대로 잠이 오지 않을 때 책을 읽기도 하고 일에 지쳤을 때 재충전하는 방법도 터득하게 된다. '넘어진 김에 쉬어가라'라는 말처럼 뭔가 일이 안 풀리고 노력한 만큼의 결과가 나오지 않을 때 그대로 앞으로 나아가는 것보다는 시간을 가지고 지나온 시간을 되돌아 볼 필요가 있다. 잘못된 것을 점검하고 재도약 기회를 가지는 충전이 필요하다. 이렇게 밥 아저씨의 충고를 하나씩 실천해가며 로저는 지금까지의 삶의 방식을 조금씩 바꾸게 된다.

> "자기에게 주어진 인생의 시간을 충실히 살고 나면 바로 그런 기분이 들지. 지금 내 기분이 그렇다네. 떠날 준비가 된 거지. 몸은 피곤하지만 마음은 행복해. 이제 조금만 있으면 난 그동안의 추억을 간직한 채 편하게 쉴 수 있을 거야. 물론 이곳에 좀 더 머물 수도 있겠지만, 이제는 사랑하는 아내와 함께 편안한 휴식을 취하고 싶다네." (212쪽)

밥 아저씨는 아내 앨리스에게 얻은 행복한 삶을 살기 위한 6가지 지침을 로저에게 전수하고 지병이 악화되어 생을 마감한다. 짧은 만남이었지만 로저가 힘들 때 진심 어린 조언으로 그의 삶을 제자리로 돌려놓은 것은 물론이고 주변인들까지 행복한 삶을 누릴 수 있게 도왔다. 삶의 지혜를 후대에게 물려주라는 6번째 지침을 다 전수 받지는 못했지만, 마지막 지침의 참된 의미를 깨닫는다. 밥 아저씨의 추모식에 온 수백 명의 사람이 진정으로 행복한 삶을 살기 위한 지혜들을 나누어 받은 수혜자임을 고백하는 장면은 감동적이다. 이 책을 읽으며 가장 가까이 있는 남편의 얼굴을 떠올렸다. 남편 역시 야근을 밥 먹듯이 하며 일중독에 빠져 근근이 살아가는 이 시대 많은 가장 중 하나다. 『청소부 밥』은 인생이 끝날 때까지 일을 손에 놓을 수 없다며 쫓기듯 오로지 앞만 보고 달려가는 사람들에게 "그래서 지금 행복하십니까?"라고 묻는다. 끝이 어딘지도 모르면서 끝없이 질주하는 우리들의 뜀을 잠시 멈추게 한다.

『청소부 밥』은 토드 홉킨스와 레이 힐버트가 함께 썼다. 토드 홉킨스는 미국에서 2천여 개의 건물에 청소 서비스를 제공하는 전문청소업체 '오피스 프라이드'의 설립자이며,『청소부 밥』과 『행복한 사람』을 통해 전 세계를 감동시킨 스토리텔러 이기도 하다. 레이 힐버트는 재치있고 열정적이며 활기 넘치는 강연으로 우리나라에도 많이 알려졌으며, 유명 기업의 CEO들을 대상으로 코칭 활동을 하고 있다. 이 책은 내용도 단순하고 메시지도 좀 심심하다고 느껴질 정도로 간단한 데다 220여 쪽에 불과해서 한 시간 반 정도면 다 읽을 정도로 가독성이 뛰어나다. 그리고 대화체로 쓰여 있어 쉽게 공감하고 이해하기 편해 그동안 활자와 멀어졌던 사람을 순식간에 책 앞으로 불러들인다. 그러나 책을 읽고 난 뒷맛은 제법 묵직하다. 책장을 덮으며 오래전에 읽었던 미치 앨봄이 쓴『모리와 함께한 화요일』이 생각났다. 무척 감명 깊게 읽었던 터라 이 책에 오버랩 되며 그때의 기억과 여운이 되살아나는 기분 좋은 책 읽기 경험이었다.

 함께 읽으면 좋은 책

1.『오베라는 남자』/ 프레드릭 배크만
2.『모리와 함께한 화요일』/ 미치 앨봄
3.『나미야 잡화점의 기적』/ 히가시노 게이고

서평가 **한경란**

꿈꾸는 정원사의 사계

『소박한 정원』 오경아 지음

낭독을 통해 깨닫는 함께의 가치

『그레구아르와 책방 할아버지』 마르크 로제 지음

낭송, 우리의 몸과 마음을
자유롭게 하는 최고의 양생법

『낭송의 달인 호모 큐라스』 고미숙 지음

나에게 서평이란?

나에게 서평이란 새로운 도전이다.

한경란

32년 동안 여고에서 역사를 가르쳤다. 현재는 퇴직 후 시니어모델과에 재학 중이다. 낭독에 관심을 가지고 공부하던 중 서평 수업에 입문하여 처음으로 글쓰기를 시작했다.
hts1013@hanmail.net

꿈꾸는 정원사의 사계

『소박한 정원』
오경아 지음 / 궁리출판 / 2020

언제부터 꽃과 나무에 눈길이 가기 시작했을까? 한강이 내려다보이는 궁산을 정원으로 둔 아파트로 이사한 그해였지 싶다. 그해 5월, 퇴근하면 곧장 집으로 돌아와 책상 앞에 앉아 원고지와 씨름하던 남편을 불러내 궁산 자락을 정원 삼아 오르내렸다. 신록이 어떻게 이렇게 아름다울 수 있을까 속으로 감탄하며 발을 멈추고 오래도록 그 작고 귀여운 어린 잎새를 들여다보느라 해 지는 줄도 모르곤 했다. 갑자기 꽃과 나무가 좋아지면 나이 드는 거라고 하시던 옛날 어른들의 말씀이 생각났지만, 아무래도 좋았다. 자주 눈길을 주다보니 자연스럽게 호기심이 생겨 온갖 자료를 찾아가며 꽃과 나무 이름을 익혔다. 아는 꽃과 나무의 숫자가 점점 늘어가면서 나의 소박한 정원을 꾸미고 싶다는 충동이 생길 무렵 플로리스트인 친구에게 오경아 가든 디자이너가 쓴 『소박한 정원』을 선물로 받았다. 그런데 정작 이 책을 읽으며 소박한 정원에 대한 꿈을 조심스럽게 내려놓게 되었다.

오랜 방송작가 생활에 지친 저자는 마음속 고요함과 평화로움을 찾기 위해 마흔이 넘어 영국으로 유학을 갔다. 2005년부터 에식스 대학교에서 7년 동안 조경학을 전공했다. 정원 디자인과 가드닝에 대해 공부하며 풀과 나무와 꽃들과 나눈 대화를 담은 101개의 이야기들을 모아 『소박한 정원』을 냈다. 그 후 10년 만에 내용을 다시 손보고 다듬어 초록의 정원에서 자연과 삶을 동시에 배운 내밀한 정원일기를 세상에 내놓았다. 디자인과 장정을 새롭게 하고, 가든 팁 구성을 재편하여 가독성을 높였다. 저자는 새롭게 정원을 꾸미고자 생각하지만 망설이고 있는 이들에게 희망의 계기를 주기 위해서 책을 출간했다고 말한다.

우리 눈에 보이는 것, 우리 귀에 들리는 것, 우리가 느끼는 것이 세상 전부일까? 꽃들은 우리가 보지 못하는 자외선을 본다. 꽃들은 우리가 듣지 못하는 박쥐의 초음파를 듣는다. 꽃들은 우리가 맛 볼 수 없는 흙의 맛을 안다. (22쪽)

정원은 시간의 예술이다. 정원에 시간이 흐르고 시간은 무언가를 만들어 낸다. (중략) 우리보다 훨씬 오랜 삶을 살아온 나무들은 시간의 흐름에 우리보다 현명하다. 그해 봄은 우

리에겐 딱 한 번밖에 찾아오지 않지만, 그 봄에 꽃을 피우지 못했다고 절망할 것은 없다. 이듬해 봄에 더 많은 꽃을 피울 수 있다고 나무들이 내게 늘 말해준다. (124쪽)

흙을 일구고 나무를 다듬으며 초록의 정원에서 느끼고 배운 감동과 기쁨을 고스란히 전하고 있다. 누군가는 공원의 숫자만큼 그 나라의 국력이 보인다고 말했다. '정원 없는 집에 사는 것은 영혼 없이 사는 것과 같다'라는 속담처럼 영국에는 대형 슈퍼마켓보다 가든 센터가 더 많다. 요즈음 서울 시내와 근교에도 아름다운 공원들이 즐비하다. 우리 집 근처만 해도 넓고 쾌적한 공원들이 꽤 많다. 소규모 공원까지 합하면 열 손가락은 꼽을 정도다.

나는 일주일에 두 번 이상 공원을 거닐며 나무와 풀과 꽃을 살피며 아름다운 자연을 즐긴다. 그러나 정원사들이 흙과 나무와 식물 사이를 수없이 오가며 얼마나 많은 땀을 흘려야 그 아름다움과 쾌적함이 우리에게 전달되는지는 몰랐다. 아름답게 정돈되고 구획된 정원의 드러난 부분에만 감탄하고, 시민으로서 당연히 누려야 하는 권리라 생각하며 숨은 노동과 노고에는 모른 척 했다. 그러나 이 책을 통해 우리가 아름다운 정원을 누리기 위해서는 정원사들이 시도 때도 없이 바람과 비와 눈보라와 태양의 열기와 추위와 싸운다는 사실을 알게 되었다. 아름답다는 탄성을 쉽게 입에 올리지 못할 만큼의 노고가 숨어 있음을 알게 되니 소박한 정원을 갖고 싶다는 작은 소망조차 욕심임을 알게 되었다. 그러나 정원사들의 고생이 고생으로 끝나기만 하면 의미는 반감된다. 오히려 그들의 경험이 관람자들에게 나누어져 터져 나오는 탄성과 환호가 있어야 비로소 정원의 멋과 아름다움이 가치를 얻게 된다는 쪽으로 생각을 바꾸니 마음이 조금은 가라앉았다.

책에는 우리가 잘 몰랐던, 그러나 익히 들어 본 식물에 대한 정보가 보물 상자처럼 가득하다. 책으로나마 영국의 정원 이곳저곳을 산책하며 지친 일상을 위로받을 수도 있다. 아름답게 꾸려진 공원과 정원들은 저자의 표현대로 축적된 경험이 주는 자연의 교훈으로 뽀족해진 마음을 둥글게 만들어 주고, 경쟁에 지친 영혼을 시간의 예술에 흠뻑 빠지게 한다. 수고로운 경험들이 아름다운 정원을 거니는 사람들에게 뭉클한 마음으로 전해질 때 그 가치가 더욱 빛난다는 것을 새삼 느낄 수 있다.

『소박한 정원』을 읽고 나서 정원사들의 고뇌와 육체적 고통을 조금이나마 이해할 수 있는 계기가 되었다. 아름다움에만 현혹되었던 시기를 벗어나 아름다움이 만들어지기까지 있었을 노동의 고통까지 이해하고, 그래서 더 아끼고 함께 가꾸는 실천 운동이 필요하다는 생각에까지 이르게 된다. 자발적으로 원하는 시민들에게 직접 손보고 가꿀 수 있는 나무와 꽃을 배당해 주고 잘 키운 사람들에게는 주민세 같은 세금을 면제해 주는 방법으로 시민들 스스로 더 아름다운 공원을 만들 수 있게 장려하는 정책까지도 제안하고 싶다.

　나는 이제 소박한 정원을 가져 보고 싶다는 작은 소망이 나의 가슴과 머리에 똬리를 틀지 않게 하려고 한다. 단지 아름다운 정원을 거닐며 수고로움의 결정체로 빛나는 수많은 식물 사이를 오가며, 자연의 위대함 속에서 고요함과 평화의 빛이 한줄기 전달되기를 희망할 뿐이다. 더 나아가 시민으로서 함께 공유하기 위하여 함께 가꿀 줄 아는 마음을 널리 퍼뜨리는 홀씨가 되고 싶다.

 함께 읽으면 좋은 책

1. 『정원의 쓸모』 / 수 스튜어트 스미스
2. 『가이아의 정원』 / 토비 헤멘웨이
3. 『정원 가꾸기의』 즐거움 / 헤르만 헤세

낭독을 통해
깨닫는
함께의 가치

『그레구아르와 책방 할아버지』
마르크 로제 지음 / 윤미연 옮김 / 문학동네 / 2020

　얼마 전 낭독 수업에서 소개받은 책이 『그레구아르와 책방 할아버지』이다. 28년 경력의 프랑스 대중 낭독가 마르크 로제가 책과 사람, 문학, 인생에 관한 생생한 이야기를 소설 형식으로 담았다. 쉽게 읽히지 않던 여느 프랑스 소설과는 다르게 이 책은 엉뚱하고 기발하고 감동이 커서인지 의외로 쉽게 읽혔다. 감동의 크기가 남달랐기에 삶과 죽음에서 오는 은은한 슬픔에도 불구하고 눈물 많은 내가 처음부터 끝까지 몇 시간에 걸쳐 소리 내서 읽은 책이다.

　저자는 소설가이면서 대중 낭독가라는 특이한 경력을 갖고 있다. 1958년생으로 30대부터 책 읽어 주는 일을 시작했고, 프랑스 전역의 서점과 도서관을 꾸준히 돌며 낭독회를 열고 있다. 책과 대중을 이어 주는 뛰어난 텍스트 전달자로서의 공로를 인정받아 2014년 프랑스 출판 전문주간지 '리브르 에브도'에서 수여하는 '리브르 에브도 도서관 대상'의 심사위원장 특별상을 받았다. 직업적인 낭독가로서 세계 곳곳을 누비며 쓴 여행기 『책과 함께 하는 프랑스 일주』와 『정오선, 생말로부터 바마코까지』를 내기도 했는데, 『그레구아르와 책방 할아버지』는 그의 첫 소설이다.

공부와 담을 쌓고 살아온 주인공, 그레구아르 젤랭은 대학 진학을 하지 못하고 업무지원 인력이라는 명목으로 수레국화 요양원에 들어간다. 그곳 주방에서 최저임금보다 더 낮은 액수를 받고 온갖 허드렛일을 맡아 일한다. 또 다른 주인공인 피키에는 서점을 운영하다가 파킨슨병과 녹내장으로 요양원에 들어와 28호실에 둥지를 틀었다. 책과 문학을 사랑해 수만 권 중 마지막으로 3천 여권의 책을 추려 요양원으로 가져왔다. 몸이 병들어 책을 스스로 읽을 수 없게 되자 음식을 운반해오는 그레구아르에게 하루에 한 시간씩 병실을 방문해 책을 낭독해 줄 것을 요청하며 둘의 관계가 시작된다. 주방에서의 고된 업무에서 벗어나고 싶어 피키에 할아버지의 부탁을 받아들인 그레구아르의 낭독 일과는 어느새 요양원 전체 거주자와 방문 가족을 위한 이벤트로 이어진다. 학창시절 그렇게 공부를 싫어했던 그레구아르에게 피키에 할아버지는 다음과 같은 말로 독서에 대한 욕망을 자극하기도 한다.

"너는 금새 빠져들게 될 것이다. 텍스트들이 서로 어떻게 연결되는지 보는 건 정말 짜릿하고 감동적이니까. 어떤 한 단어 때문에 이전에 읽은 어떤 책의 어떤 단락을 떠올리게 되는 것처럼 말이다. 문학을 밀려갔다 싶어도 매번 새롭게 태어나면서 끊임없이 되밀려 오는 집단창작물이라고 생각하렴. 만약 요행히 그게 인생과 직결된다면, 거기서 너는 걸작을 만나게 되는 거야" (112쪽)

피키에 할아버지는 책을 읽으며 새로 태어나는 기분을 느끼는 그레구아르에게 독서를 계속할수록 독단으로 치우칠 수 있음을 지적하고 책 읽기를 통한 접촉과 연결의 효용성을 강조하기도 한다.

"네가 옳다고 믿고 확신에 가득 찬 무언가를 위해 행동에 나설 때 말이다. 타인에게는 물어보지도 않고 그를 행복하게 만들어 주겠다는 야심을 품는 건 근본적으로 문제가 있단다. 손을 놓은 순간 바로 그 한계가 분명히 드러나게 되지. 예를 들어 네가 서점을 운영한다고 치자. 너는 다른 누구보다 먼저 신간을 읽지. 그런데 남들보다 먼저 읽고 무엇이 중요하고 무엇이 중요하지 않은지 결정하는 건 시건방진 짓이야. 무슨 자격으로 그걸 결정해?" (52쪽)

또한 그레구아르 자신의 정체성을 찾아가는 길이 독서임을 강조하기도 한다.

> "책은 우리를 타자에게로 인도하는 길이란다. 그리고 나 자
> 신보다 더 나와 가까운 타자는 없기에 나 자신과 만나기 위
> 해 책을 읽는 거야. 그러니까 책을 읽는다는 건 하나의 타자
> 인 자기 자신을 향해 가는 행위와도 같은 거지." *(53쪽)*

책 곳곳에는 소외된 사람들에게 문학의 인간적 접촉을 위
한 다양한 이벤트가 펼쳐진다. 운하에서 호흡을 위해 행해지
던 낭독훈련, 변기 배관을 네트워크 삼아 요양원 전체에 울려
퍼지게 하던 라디오 낭독, 죽어가는 사람과 무덤 너머의 사람
에게 책 읽어 주기 등 낭독과 관련된 에피소드가 감동을 준
다. 그레구아르는 피키에 할아버지의 마지막 소원을 들어주
기 위해 알리에노르 다키텐을 찾아가는 250km 거리의 도보
여행 중에 그의 죽음을 직감하고 모닥불 앞에서 즉흥적으로
화장의식을 치른다. 책을 사랑한 그를 위해 펄프제조기에 그
의 유분을 흩뿌리는 등 엉뚱하고 기발하기까지 한 웃픈 해프
닝을 보여주기도 한다.

작은 서점을 운영하며 평생 책과 문학을 사랑해온 피키에
할아버지는 열정도 소신도 없이 무력하게 세상을 살아가던
그레구아르에게 책과 인생에 대한 뜨거운 사랑을 전하며 책
에 빠져드는 즐거움을 가르쳐 준다. 그레구아르는 다른 이들

에게 책을 읽어 주고 공유하는 즐거움을 통해 단지 배움으로 그치지 않고 공적인 되돌림으로 노인의 유업을 알게 모르게 잇는다. 이러한 시도는 문학이 인간관계를 긍정적으로 연결하는 하나의 수단이 될 수 있음을 보여주는 하나의 예가 될 수 있다. 이 책의 등장인물들은 대체로 삶에서 소외된 사람들과 소수자들이다. 늙고 병들어 고립된 채 죽음을 기다리거나 가난하고 배우지 못해 열악한 노동조건 속에서 일하는 불법 체류자나 성 소수자가 대부분이다. 피키에 할아버지의 책에 대한 열정과 그레구아르의 낭독을 통해 지금껏 소외된 등장인물들이 함께 열광과 기쁨의 환성을 동시적인 공감으로 표현하는 장면이야말로 문학이, 낭독이 모두의 삶을 더 나은 삶으로 변화시킬 수 있음을 궁극적으로 보여주는 증거이며 또 다른 형태의 '노블레스 오블리주'의 실현이란 생각을 하게 만든다.

『그레구아르와 책방 할아버지』는 누구나 쉽게 읽을 수 있는 책이지만, 특히 낭독이나 낭송에 관심이 있다면 반드시 읽어보라고 권하고 싶다. 또 살면서 필연적으로 겪게 되는 무력함이나 미약함을 떨쳐버리고 싶은 이들이라면 낭독이 얼마나 위대한 행위인지를 실감하게 될지도 모른다. 지금처럼 코로나로 인해 맘껏 밖으로 나가지 못하는 상황에서 집콕하며 방구석 독서로 읽기에 맞춤한 책이다. "낭독을 하지 않는 사람은 있어도 할 수 없는 사람은 없다." 그레구아르와 책방 할아버지가 그렇고 이 책을 몇 시간에 걸쳐 소리 내어 읽은 내가 그 증거다.

 함께 읽으면 좋은 책

1. 『배움의 발견』 / 타라 웨스트오버
2. 『너의 말이 좋아서 밑줄을 그었다』 / 림태주
3. 『모리와 함께한 화요일』 / 미치 앨봄

낭송, 우리의 몸과 마음을 자유롭게 하는 최고의 양생법

『낭송의 달인 호모 큐라스』
고미숙 지음 / 북드라망 / 2014

　어린 시절 낭독과 얽힌 즐거운 추억이 있다. 중학교 입시를 위해 공부하던 초등학교 시절, 저녁마다 소리 내서 공부를 했는데 때때로 일요일 아침이면 우리 집에 세 들어 살던 신혼부부가 낭독 소리가 좋다고 칭찬하며 과자 몇 봉지를 선물로 주곤 했다. 그 시절엔 과자는 흔치 않은 간식이었는데 마침 그 집 아저씨가 과자를 만들어 파는 회사에 근무해서 자주 과자를 얻어먹는 호사를 누렸다. 그러나 중학생이 되면서부터는 수업시간 이외에 낭독을 했던 기억이 없다. 어른이 되어, 그것도 60세가 넘어서 낭독을 다시 하고 싶어져 가끔 혼자 시집을 소리 내어 읽곤 한다. 그렇게 낭독에 관심을 가지다 보니 서점에 갈 때마다 낭독 책 주변을 기웃거리게 되고 낭독 관련 책자가 눈에 들어온다. 낭독(낭송)전도사로 유명한 고미숙 인문학자가 쓴 『낭송의 달인 호모 큐라스』도 그렇게 내 손에 들어왔다. 요즘 책 한 권을 읽는 게 쉽지 않았는데 낭독으로 8시간을 집중해서 읽은 내 자신이 스스로 대견했다.

『낭송의 달인 호모 큐라스』는 『공부의 달인 호모 쿵푸스』로 공부에 대한 새로운 비전을 제시했던 고전 평론가 고미숙이 낭송을 새로운 독서법으로 제안하는 책이다. 제목의 '큐라스'는 영어 '케어(Care)'의 어원이 되는 라틴어로, 배려, 보살핌 등의 뜻이 있다. 낭송이 어떻게 큐라스, 즉 자기 배려가 되고 우리의 몸과 마음을 자유롭게 하는 최고의 양생이자 수행이 될 수 있는지를 전해준다.

> 자신의 욕망과 호흡의 불균형을 조절하는 능력, 그것이 곧 자기 배려다 (167쪽)

> 자기를 진정으로 존중하는 자만이 타인을 통치할 수 있다고 여긴 것이다. 그리고 자기를 존중하려면 무엇보다도 자기 안의 욕망과 호흡을 조절 할 수 있어야 한다. 그런 존재가 바로 호모큐라스다.(182쪽)

국어사전을 찾아보면 낭독(朗讀)은 '글을 소리 내어 읽음'으로, 낭송(朗誦)은 '소리를 내어 글을 읽거나 욈'으로 설명한다. 저자는 "낭송은 소리 내어 읽는 낭독에서 더 나아가 소리로써 텍스트를 몸 안에 새기는 행위이므로 '낭송이란 존재가 또 하나의 텍스트로 탄생하는 과정', 즉 '몸이 곧 책이 되는 것'"이라고 말한다. 입으로 소리 내어 읽고 입에서 나오는 자신의 소리를 자신의 귀로 들어 마음에 새기는 낭송은 경계가 없으며 장르적 한계도 없다고 본다. 그래서 낭송에 가장 적합한 텍스트는 다름 아닌 동양고전이라고 말한다.

> 낭송에는 장르적 한계가 없다. 언어로 이루어지면 뭐든 가능하다. 하지만 그중에서도 천지의 율려와 조응하는 텍스트라면 가장 좋다. 그래서 낭송에 가장 적합한 텍스트가 다름 아닌 동양고전이다. *(118쪽)*

낭송은 지식을 머리에 넣는 것을 넘어서 혀와 입술이 고전에 담긴 지혜를 뿜어낼 수 있도록 하는 것이므로 몸과 마음을 다하여 읽는 행위는 최고의 지성에 접속하는 길이라는 뜻이다. 요즘은 이해관계가 없으면 말을 잘 섞지 않고 말을 자꾸 걸면 과잉친절로 생각하는, 극히 편향적인 언어 환경으로 인해 관계의 불통에서 오는 편견, 폭력 등이 난무하기 십상이다. 저자는 이러한 상황도 낭송으로 극복할 수 있다고 주장한다. 낭송은 소리를 통해 존재와 환경의 파장을 바꾸는 활동이기 때문에 고전에 담긴 소리를 통해 자연(천지) 속으로, 또한 천지(자연)가 읽는 사람에게로 오는 '천인감응'의 파노라마를 즐길 수 있다고 말한다. 저자는 이 책의 뒤를 잇는 『낭송 Q 시리즈』까지 펴냈다. 동양 별자리 28수(宿)에서 빌려 온 '동청룡,

남주작, 서백호, 북현무'라는 이름을 단 낭송용 고전시리즈로 음양오행의 리듬을 어울리게 배치했다. 실제로 저자가 활동하는 공부공동체인 감이당과 남산강학원에서는 매 학기마다 '낭송 오디션'을 치르고, 매년 '낭송 페스티벌'을 따로 열면서, '낭송'을 삶까지 바꾸는 독서법이자 양생법으로 꾸준히 실천하고 있다.

인생은 하루다! 사람들은 공부를 당장 시작하지 않고 여러 핑계를 대며 대부분 내일로 미룬다. 나도 그중의 한사람이지만. 성리학의 대가인 주자도 이를 경계했다고 한다. 주자는 경계를 통해 살아있다는 것은 지금 여기가 전부이므로 지금 당장 시작하라고 한다. 위대한 선인들이나 멘토들의 고상하고 철학적인 어떠한 말보다 주자의 이 말이 비수처럼 가슴에 꽂히는 이유다. 또한 저자는 낭송은 인생과 우주의 지혜를 담은, 인류가 도달한 최고의 지성에 접속하는 길이자 가장 단순 소박한 방법으로 사람이면 누구나 가능한 일이라고 말한다. 생각과 말과 행동을 일치시켜 신체와 일상을 조화롭게 만들어내는 낭송이야말로 삶의 인문학으로 나가는 지름길이 될 수 있겠다는 생각이 든다. 묵독과 낭독을 넘어 낭송이 생각과 말, 머리와 입의 일치를 통한 평화로운 몸의 변화를 꾀하고 욕망의 지도조차 바꿀 수 있다는 믿음이 생긴다. 쾌락의 미혹에서 진리의 열정으로 나아가는 그 순간 해탈도 가능할지 모른다고 하는 저자의 말을 새기며 일상 속에서 낭송을 즐기는 지혜를 실천하려고 한다.『낭송의 달인 호모 큐라스』는 우리 몸과 마음을 자유롭게 하는 최고의 양생법이자 수행법인 낭송을 활용한 새로운 독서법을 안내하는 책이다. 그동안 갑갑했던 '골방독서'에 지쳤다면 이 책을 길잡이로 삼아 활달한 '광장독서'를 실천하는 '생활 낭송인'을 꿈꿔보는 것도 좋을 듯하다.

 함께 읽으면 좋은 책

1.『낭송 춘향전』/ 고미숙, 길진숙, 이기원
2.『낭송 아함경』/ 고미숙, 최태람
3.『낭송 열하일기』/ 박지원

서평가 **허성희**

이보다 더 책을 사랑하는 자 누구인가

『너무 시끄러운 고독』 보후밀 흐라발 지음

철학이 이렇게 다정하기만 하다면

『소크라테스 익스프레스』 에릭 와이너 지음

문방구 사장의 쿨한 고군분투기

『이대로 문방구를 하고 싶었다』 이대로 지음

나에게 서평이란?

나에게 서평이란 연주이다. 악기 연주가 음악 사랑의 연장이듯 서평을 쓰는 것은 책 사랑의 확장이다. 무대 위보다 무대를 준비하는 시간이 더 즐겁고, 서평을 쓰는 시간보다 책 읽는 시간이 더 행복하다.

허성희

전직 영어 교사로 일했다. 현재는 디지털교육문화연구소장으로 활동하고 있다. '날꽃밴드'(날아라 꽃중년 밴드)에서 키보드를 맡고 있는, 밴드 하는 예비 서평가이기도 하다.
인스타그램 @hur0224

이보다
더 책을
사랑하는 자
누구인가

『너무 시끄러운 고독』
보후밀 흐라발 지음 / 이창실 옮김 / 문학동네 / 2016

　『너무 시끄러운 고독』은 체코의 국민작가 보후밀 흐라발이 자신의 작품 중 가장 사랑한다고 고백한, 그의 삶과 작품 전체를 상징하는 소설이다. 보후밀 흐라발은 배달부, 노동자, 철도원, 연극배우, 보험사 직원, 폐지 꾸리는 인부 등의 직업을 전전하다가 마흔아홉 살이 되어서야 첫 소설을 출간했다. 또 다른 체코의 자랑인 밀란 쿤데라가 프랑스로 망명하여 프랑스어로 작품을 썼던 것과는 대조적으로 검열과 감시로 인해 이십여 년간 자신의 책을 출판할 수 없었음에도 체코를 떠나지 않고 체코어로 글을 썼다. 이 작품은 작가 자신의 삶이 고스란히 녹아 있는 매혹적인 실존의 기록이요 고백이다.

　"삼십오 년째 나는 폐지 더미 속에서 일하고 있다. 이 일이야말로 나의 온전한 러브 스토리다."라는 첫 문장이 말해주듯 이 책은 폐지 압축공 한탸의 일인칭 독백, 그것도 책을 향한 사랑 고백이다. 작가의 다른 작품인 『영국 왕을 모셨지』의 "듣지 않으면서 모든 것을 듣기 시작했고 보지 않으면서 모든 것을 보기 시작(『영국 왕을 모셨지』, 10쪽)"한 주인공 디테의 일인칭 시점 서술과도 일맥상통한다. 한탸는 폐지 속에서 빛나는 책을 뽑아내고 그 책의 가치를 알아보며 그렇게 모은 책더미 속에서 살고 있지만 그의 삶은 지식인의 삶과는 거리가 먼, 그저 먹고 살기 바쁜 피곤한 노동자이다. 한탸는 그의 탁월한 능력을 알아보는 사람 하나 없는, 아니 인정받는 것에 관심조차 없는 작가 자신의 또 다른 이름이라고 할 수 있다.

> 어느 오후, 도살장에서 피 묻은 종이와 상자가 트럭 가득 실려 왔다. 도저히 견딜 수 없는 들쩍지근한 냄새가 났다. 졸지에 내 몸은 푸주한의 앞치마처럼 피로 뒤덮였다. 나는 복수를 할 요량으로 첫 번째 꾸러미에 로테르담의 에라스뮈스가 쓴 『우신예찬』을, 두 번째 꾸러미에는 실러의 『돈 카를로스』를 집어넣었다. 그리고 말씀이 피가 흐르는 육신이 되도록 세 번째 꾸러미에는 프리드리히 니체의 『에케 호모』를 활짝 펼쳐서 넣어두었다. *(49쪽)*

이 소설이 주는 가장 큰 매력은 예상치 못한 곳에서, 그것도 자주, 마구 튀어나오는 문학·철학·예술을 총망라한, 마치 인문학 사전과도 같은 황홀한 나열이다. 노자, 예수, 헤겔, 칸트, 쇼펜하우어와 같은 당대의 철학가와 들어본 적도 없는 셀링과 같은 낯선 철학자 외에도 괴테, 세네카, 카렐 히네크 마하, 잭슨 폴락, 고갱, 고흐, 피터르 브뤼헐, 히에로니무스 보슈 등 나열하기도 쉽지 않은 엄청난 목록의 작가와 예술가가 등장한다. 거기다 문학사조와 건축양식까지 두루두루 섭렵한 은유와 인용의 변주곡이 수시로 펼쳐진다. 책더미와 오물로 가득한 지하실에서 일하는 한탸의 누추한 삶 속에 녹아든 예술과 문학과 철학의 기름진 향연이라니. 더 아이러니한 건 마치 거리의 철학자와도 같은 하급 노동자 한탸의 더럽고 지저분한 삶이 단지 책 속에 파묻혀있다는 이유 하나만으로 부럽기까지 하다는 것이다.

> *그렇게나 시끄러운 내 고독 속에서 이 모든 걸 온몸과 마음으로 경험했는데도 미치지 않을 수 있었다니, 문득 스스로가 대견하고 성스럽게 느껴졌다. 이 일을 하면서 전능의 무한한 영역에 내던져졌음을 깨닫고는 놀라움을 금할 수 없었다.* (75쪽)

한탸는 자신이 미치지 않았다는 것을 스스로 대견스러워하고 성스럽게까지 느꼈겠지만 그를 둘러싼 사람들은 아마도 그를 반미치광이 정도로 여기지 않았을까? 실제로 옆집에 한탸가 산다면 이상한 아저씨 또는 정신 나간 사람으로 여겨 그와 한 동네 사는 것을 불안해 할 수도 있겠다 싶다. 이런 면에

서 한탸는 해외 언론과 작가들로부터는 '체코 소설의 슬픈 왕'
이라 불리며 칭송받았지만 정작 조국에서는 오랜 시간 빛을
보지 못한 작가 자신과 닮았다.

총 8장으로 이루어진 이 책의 전환점은 6장에서 한탸가 엄
청난 크기의 수압 압축기를 보게 되는 장면이다. 미국식 복장
을 한 젊은이들이 커다란 압축기에 아무런 감흥 없이 책을 쏟
아 넣는 것을 마주친 한탸는 절망과 혼란에 빠진다. 젊은 폐
지 압축공들이 끼는 종이의 감촉을 느낄 수 없는 장갑에서조
차 모욕감이 들면서 일순간 이제까지 구축해온 자신의 책 세
계가 부정당하고 있다고 느낀다. 폐지가 지닌 비길 데 없이
감각적인 매력에 아무도 마음을 두지 않는 것에 슬퍼하는 늙
은 폐지공은 자신의 세대가 끝나간다는 것에 절망하는 노인
과 닮았고, 기계에 일자리를 빼앗긴 노동자와도 겹쳐 보인다.

> 그들의 그리스 휴가 계획은 나를 송두리째 뒤흔들어놓았
> 다. 헤르더와 헤겔의 책들은 나를 고대 그리스에 던져놓았
> 고 프리드리히 니체는 디오니소스적인 관점에서 세상을 바
> 라보는 방법을 가르쳐주었건만 내가 막상 휴가를 떠나본
> 적은 없었다. *(93쪽)*

그리스 철학에 심취하고 헬레니즘을 찬양하며 도리아양식
과 이오니아양식을 구별할 줄 아는 한탸지만 하루도 쉴 수 없

는 노동의 현장에 매여서 휴가라는 것은 생각해본 적도 없다. 그런 한탸에게 공장의 젊은 노동자들이 그리스 휴가를 계획 하면서 떠드는 모습은 충격이었다. 대형 압축 기계를 본 그날 부터 무너지기 시작한 한탸의 삶은 기계문명과 자본에 무너 진 현세대의 삶과 닮아있다.

한탸의 연인이었던 만차는 책을 혐오함에도 불구하고 글쓰 기에 영감을 불어넣을 만한 여인으로 변해있었다. 하지만 정 작 책들에 둘러싸여 책에서 쉴 새 없이 표징을 구했던 한탸는 책으로부터 단 한 줄의 메시지를 받지도 못했다고, 아니 오히 려 책들이 단합해 그에게 맞섰다고 고백한다. 책을 통해 인간 의 역사를 통째로 머릿속에 집어넣었고 책에서 모든 만족을 얻었던 한탸지만, 사랑하는 사람들을 떠나보내고 결국 천직 까지 잃어버리면서 삶의 목적도 함께 사라져버린 것이다. 폐 지 압축공으로서의 자부심과 책에 대한 존경과 애정을 더 이 상 누릴 수 없다는 것은 한탸에게 생의 의미를 잃어버리는 것 과 같은 의미였다.

모두가 다 새롭고 거대한 것에 열광하는 사이 옛것을 그리 워하는 마음이 남아있다면 이 책을 읽으면서 위로를 받을 수 있다. 하지만 위로가 끝나자마자 밀려오는 두려움과 외로움 역시 감내해야 한다. 책에 빠져서 엄청난 지식을 자유자재로 펼칠 수 있는 한탸의 삶은 부럽지만 결국 책에서 빠져나오기를 거부하고 압축기 속으로 들어간 한탸의 삶은 너무나 비극적이기 때문이다.

시도 때도 없이 튀어나오는 철학자와 작가의 이름들, 그리고 수많은 작품의 나열로 인해 정신을 차리기가 쉽지 않고 이야기 속으로 빠지는 것을 방해받을 수도 있다. 그러나 책을 사랑하는 사람이라면, 그리고 독서중독자라고 자부하는 사람이라면 반드시 이 소설을 읽기를 권한다. 책을 향한 한탸의 사랑에 자신의 사랑을 견줄 수 있는지 시험해보길 바란다. 아! 그리고 하나 더. 책 두께가 얇다고 가벼운 읽을거리로 생각하면 오산이다. 이 책은 천천히 씹고 소화시키고 몇 번이고 다시 꺼내어 읽을 만한, 가능하다면 통째로 삼키고 싶은 그런 책이니까. 한탸처럼.

 함께 읽으면 좋은 책

1. 『영국 왕을 모셨지』 / 보후밀 흐라발
2. 『익명의 독서중독자들』 / 이창현
3. 『참을 수 없는 존재의 가벼움』 / 밀란 쿤데라

철학이 이렇게 다정하기만 하다면

『소크라테스 익스프레스』
에릭 와이너 지음 / 김하현 옮김 / 어크로스 / 2021

　　철학 책 『소크라테스 익스프레스』에 끌린 건 '익스프레스'라는 단어 때문이었다. 소설 『리스본행 야간열차』와 『오리엔트 특급 살인』에서부터 애니메이션 『폴라 익스프레스』와 『은하철도 999』까지 예전에 재미있게 읽었던 책들을 한꺼번에 떠올리게 하는 제목이 흥미를 확 당겼다. '역사상 가장 위대한 철학자들을 만나러 떠나는 여행기'라는 홍보문구처럼 어쩌면 『소피의 세계』와 같은 따뜻한 철학 소설을 만날 수 있지 않을까 하는 기대까지 일으켰다. 간혹 듣기만 해도 머리가 지끈하고 어려운, 그래서 쉽게 다가갈 수 없는 '철학'을 다정하고 친절하게 들려준다는 책이 나오고 베스트셀러에 오르기도 한다. 그러다 보니 철학 입문서라는 부제를 달고 나오는 책을 읽는 것만으로도 철학과 친해질 수 있다고 착각하는 경우도 많다. 결국 책을 반도 못 읽고 덮으면서 '역시 철학이란.'

하며 이번에도 역시나 하는 마음에 자포자기하는 마음이 들기 일쑤다. 철학책을 읽으면 읽을수록 철학과 점점 더 멀어지는 이상한 아이러니다.

저자 에릭 와이너는 '뉴욕타임스'의 베스트셀러 작가이자 강연가로 '철학이 우리 인생에 스며드는 순간'이라는 부제처럼 철학이라는 이름 아래 어려운 단어와 명제를 남발하지 않고 그야말로 부드럽게 철학을 소개한다. 아니, 정확히 말하자면 철학이 아니라 철학자를 마치 잘 아는 사이인 것처럼 친근하게, 대화를 나누듯이 소개한다. 책에 나오는 철학자들 대부분은 익숙한 이름이지만, 그들이 주장했던 이론이나 개념을 잘 안다고 자신 있게 말할 수 있는 사람이 얼마나 있을까? 아마 대부분은 철학자의 이름과 유명한 에피소드, 혹은 어록 정도에 그칠 것이다. 실상 그들의 심오한 이론을 철학이라는 학문으로 자신 있게 풀어내기란 쉽지 않을 것이다.

저자는 14명의 철학자와 연관 있는 장소를 거쳐 가는 기차 안에서, 새벽부터 황혼까지의 시간을 마치 우리 인생의 흐름에 비유해 철학자와의 대화를 시도한다. 글의 첫 장을 여는 1부 '새벽' 1장의 '마르쿠스 아우렐리우스처럼 침대에서 나오는 법'에서부터 마지막 장 3부 '황혼' 14장의 '몽테뉴처럼 죽는 법'까지 가다 보면 14명이나 되는 철학자와 인생 여행을 함께 하는 듯 뿌듯해진다. 철학적 여행자라고 불리는 저자는 한때 우리 삶의 중요한 일부였으나 이제는 시대에 뒤떨어진 낡은 유물이라는 공통점을 지닌 철학과 기차가 서로 잘 어울린다고 말한다. 책을 읽다 보면 실상 기차가 어디에서 출발하여 어디로 가는지는 별로 중요하지 않다. 마찬가지로 새벽, 정오, 황혼으로 나눈 분류도 실제로 기차 여행하는 시간과는 상관이 없다. 이 글을 쓴 장소는 철학자를 따라나선 곳이며, 이 글이 나타내는 시간의 흐름은 하루라는 짧은 시간이기도 하지만 인생이라는 긴 시간이기도 하다.

> *일찍 일어나 소로의 책들을 배낭에 싼다. 그리고 콩코드의 한 스타벅스로 어슬렁어슬렁 걸어간다. 적당히 콩코드스러운 곳이다. 다른 스타벅스에 비해 빛은 조금 더 부드럽고 가구는 좀 더 세련되었다. 그럼에도 스타벅스는 스타벅스다. 그럼에도 월든이 호수이듯이. 평범한 블랙커피를 시키고 커다란 가죽 의자에 털썩 기대앉아 헨리의 책을 연다. 소로가 내게 말한다. "아름다움은 인식되는 곳에 있다." 여기, 스타벅스에서도요? 주변을 둘러보지만 아름다움은 없다. 반사적으로 나의 환경, 나의 월든을 탓한다. (141쪽)*

마치 저자가 고대에서 현재까지, 서양과 동양을 아우르는 철학자와 공간을 이동하는 기차 안에서, 실제로는 시간여행을 하면서, 조곤조곤 대화하는 것을 옆자리에서 가만히 듣고 있는 듯하다. 기차 옆자리 사람들의 대화를 듣는데 철학의 계보 같은 것이 무슨 상관인가. 시간과 공간을 초월한 그들의 대화를 듣다 보면 가끔은 맞장구도 치고 고개도 끄덕이며 자신도 모르게 탄식과 감탄사를 내뱉게 된다.

> 벤치에 앉아 가끔 '즐거운 지혜'라고 번역되기도 하는 『즐거운 학문』을 펼친다. 몇 문장을 읽자마자 니체가 내게 말을 걸고 있지 않다는 것을 깨닫는다. 니체는 내게 고함을 치고 있다! 소크라테스가 물음표의 철학자라면 니체는 느낌표의 철학자. 니체는 느낌표를 사랑한다! 가끔은 두세 개씩 붙여 쓰기도 한다!!! (375쪽)

책의 절반을 넘길 때쯤엔 이미 철학자가 펼친 핵심이론이나 철학이라는 학문에서 차지하는 영향력 같은 것은 중요하지 않다. 그보다는 철학자가 사랑한 것, 그의 성격 중 나와 비슷한 점, 또는 그의 독특한 습관이 결국 그가 말하고자 하는 것과 연결된다는 것, 곧 그의 철학이라는 것을 알게 된다.

철학을 연대별로 분류해가며 핵심이론을 공부하고 싶은 사람이라면 철학자 소개서 같은 이 책의 가벼움이 불만스러울 수도 있을 것이다. 그러나 철학 근처에는 가까이 가고 싶지 않지만, 그러면서도 지적 호기심은 채우고 싶은 사람에게는 마치 여행 철학수첩처럼 불편함은 부드럽게 달래주면서도 호기심은 가볍게 채워줄 수 있다. 어쩌면 고리타분하다고

도 할 수 있는 아이템인 기차와 철학이 합쳐져 만들어진 인문 기행열차에 올라타 철학자와 함께하는 인문여행을 떠나보길 권한다. 철학자의 지식과 지혜에 감탄하는 데서 그치는 것이 아니라 그들의 질문에 대답하고 그들에게 질문도 할 수 있는 학구적 호사를 누릴 수 있다. 가능하다면 『소크라테스 익스프레스』를 기차 안에서 읽기를 권한다. 이런 고전적이면서도 철학적인 사색은 절대 버스나 자동차여행에서는 얻을 수 없을 테니.

 함께 읽으면 좋은 책

1. 『월든』 / 헨리 데이비드 소로
2. 『사는 게 힘드냐고 니체가 물었다』 / 박찬국
3. 『폰더씨의 위대한 하루』 / 앤디 앤드루스

문방구 사장의 쿨한 고군분투기

『이대로 문방구를 하고 싶었다』
이대로 지음 / 씽크스마트 / 2021

『이대로 문방구를 하고 싶었다』는 '문방구의 시작에서 끝, 본격 리얼 문방구 에세이'라는 마치 영화 광고와도 같은 구절이 주는 호기심으로 읽다가 다 읽고 나면 '그 광고문구 정말 잘 지었군.' 하며 덮게 되는 책이다. '문방구'라는 단어 자체가 서점이나 사무용품점보다 훨씬 친근하고 가볍다는 점에서 어느 정도 예상했듯이 내용과 문체가 쉽고 간결하다. 저자 이대로(본명이 맞다)가 오랫동안 블로그와 서평, 시민기자로 활동하며 책과 글을 놓지 않은 필력이기에 가능한 일이라고 짐작된다.

> 정신없고 치열하지만 어린이들의 순수함이 살아있는 이곳, 문방구로 여러분을 초대한다. 이름하여 '문중일기!' 너무 거창하다고? 피까진 아니더라도 땀으로 썼단 말이다. 이해해

주시길. 개봉박두! (15쪽)

  땀으로 썼다는 거창한 '문중일기'지만 독자는 전혀 땀 흘리지 않고, 오히려 가볍게 웃으면서 이 책을 완주할 수 있다. 읽다 보면 어릴 적 학교 앞 문방구 주인의 친근하다 못해 만만하게 보일 정도로 무장해제한 모습이 떠오르고 그곳을 들락날락했던 추억도 함께 소환된다. 사고 싶은 문구를 구경하는데 정신이 팔려 주인의 피로함은 안중에도 없는 꼬마 손님과 문방구 주인의 입장 차이가 얼마나 큰지 이제서야 깨닫는다.(어릴 적 내가 다닌 초등학교 앞 문구점 주인아저씨께 죄송하다)

  붙임성도 없고 전투력도 약한 문방구 사장의 고군분투기는 일에 대한 보람, 진로에 대한 끊임없는 고민, 아내를 향한 미안함, 대형 상점으로 인한 매출 감소, 주말에도 일해야 하는 소상공인의 피로감은 물론 꿈과 현실의 괴리에서 오는 마음속 갈등에서부터 진상손님의 갑질에 이르기까지 일상에서 흔히 마주치는 가볍지 않은 상황을 담백하게 풀어나간다. 여기서 얻은 깨달음을 훈장 삼아 훈수를 두지도 않는다. 오히려 덤덤하고 쿨하게 아무렇지도 않은 듯 무심하게 일상을 보여준다. 그 속에 담겨있는 진지한 메시지를 알아차리는 건 독자 몫이라는 듯이.

  분명 쓸데없는 건 쓸데없는 것이다. 그렇지만 거기엔 한 가

지 단서가 붙는다. '어른이 보기에 쓸데없는 것.' 30~40대 부모가 보기에 그것들은 너무 조악하고 이상하기에 쓸데없는 것이라 쉽게 말한다. 그렇지만 아이들한테는? *(중략)* 때로는 어른들의 지나친 관심이 쓸데없다. 오늘도 난 쓸데없는 것 팔러 나간다. *(41쪽)*

원래 꿈과는 거리가 먼 문방구 사장으로 아등바등 살면서 후회, 실망, 분노가 차올랐을 법도 한데 저자는 무심한 듯 가볍게 일상을 풀어나가면서 해학을 넘어 해탈까지 한듯하다. 음악을 좋아하고 꿈을 포기하지 않는 낭만주의자로 이렇게 여유로운데 오히려 읽는 사람은 그런 기질이 장사에는 맞지 않는 듯 보여 안타깝다. 좀 더 자신의 속마음을 들려주면 좋으련만 속을 내보일 듯하다가도 멈추고 욕이라도 시원하게 할 것 같다가도 그냥 체념하고 말 때는 속상할 정도다. 과격까지는 아니더라도 좀 더 배짱 있게 소리라도 질렀으면 하는 아쉬운 마음에 저자 대신 한탄도 하고 위로하기도 하며 읽는 내내 저자를 응원하게 만든다.

천천히 생각해 보니, 결국엔 내 이야기를 써야겠더라. 그렇지만 내 이야기를 쓰려면 나를 알려야 했다. 내 상황을 알리고, 감정의 상태를 보여야 했다. 최대한 나를 숨기고 글을 써보겠다는 계획도 세웠지만, 며칠도 안 돼서 수포가 되었다. 나를 조금은 드러내야겠다고 결심하고, 글을 쓰기 시작

했다. *(146쪽)*

저자는 참음과 체념을 거듭하면서도 책을 내겠다는 꿈을 이루기 위해 노력하고 내면의 성장을 이루어 나간다. 결국 자신의 이름 '이대로'를 붙인 책까지 내놓게 되었으니 어느 정도 꿈을 이루었다고 해도 좋을 것이다. 문방구는 끝났지만 '이대로 문방구'가 이대로 카페, 이대로 작가, 이렇게 다음 책으로 계속 이어졌으면 좋겠다는 생각에 책을 덮을 때쯤에는 서운함보다는 기대가 남는다. 어쨌든 저자는 자신의 꿈을 이루기 위해 고군분투했고 결국 무엇인가를 이루어낸 셈이다. 그러나 독자에게 자신의 꿈이 무엇인지, 그 꿈을 이루기 위해 무엇을 하고 있는지 생각해보라고 독려하지는 않는다. 그건 역시 독자의 몫이라는 듯이 작가는 그저 자기의 일상을 보여주기만 할 뿐이다.

진지하고 심각한 업무나 무거운 일상에서 벗어나고 싶을 때, 힘들게 싸워 이긴 사람들의 성공스토리가 지겨울 때, 사는 게 전쟁 같다고 느껴질 때, 노력하면 안 되는 일이 없다는 말이 듣기 싫을 때 이 책을 읽어보길 권한다. 업무가 줄어들거나 전쟁 같은 일상을 끝내지는 못하겠지만 슬쩍 한 발을 빼고 뒤로 물러서서 쿨하게 자신을 바라볼 수 있을 것이다. 심지어 치열함이라는 무기 하나만 내려놓아도 삶은 이렇게 가뿐해지는구나 하고 이대로 여유를 부릴 수도 있게 된다. 물론 다시 전쟁터에 들어간 후의 승리는 보장 못 한다.

 함께 읽으면 좋은 책

1. 『나는 작은 옷 가게 사장님입니다』 / 강은미
2. 『사랑하는 나의 문방구』 / 구시다 마고이치
3. 『당신 없는 세상은 여전히 낯설지만』 / 한수정

서평학교

서평 학교는
8주 간의 '강의 + 과제 + 합평 + 첨삭'을 통해
수료 후 서평 단행본 정식 출간까지 경험하는
서평 글쓰기 과정입니다

강의 계획표

1강 서평 입문 - 오리엔테이션 및 참가자 소개
- 왜 하필 서평인가?
- 쓰기를 위한 읽기는 달라야 한다

2강 글쓰기 기초 - 전 글쓰기가 처음인데요
- 못난 글 피하기 vs 잘난 글 쓰기

3강 서평 쓰기 1 - 독후감 vs 서평
- 서평 잘 쓰는 법

4강 서평 쓰기 2 - 서평쓰기 실전 (에세이/인문사회)
- 합평 & 첨삭

5강 서평 쓰기 3 - 서평쓰기 실전 (시/소설/희곡)
- 합평 & 첨삭

6강 서평 쓰기 4 - 서평쓰기 실전(미학/예술)
- 합평 & 첨삭

7강 서평 쓰기 5 - 서평쓰기 실전(경제경영/실용/자연과학)
- 합평 & 첨삭

8강 발표 및 마무리 - 내 힘으로 정말 쓰는 서평
- 미리 쓰는 저자 프로필
- 책 출간 관련 안내 (씽크스마트미디어그룹 담당자)

박 일 호
서평가 및 북칼럼니스트

· 현) 인문낭독극연구소장 및 충남대 예술대학 강사
· 전) 문광부 우수교양도서 선정 심사위원, 네이버 오늘의 책 선정단
· 대학, 도서관, 평생학습관, 서울시 50+캠퍼스 서평 글쓰기 강의
· 출판서평전문지 <기획회의> 6년간 서평 연재 (2009.11~2015.12)

수상
· 중앙일보 서평고수 장원 (2009)
· 제1회 세종도서 서평대회 최우수상 수상 (2015)
· 제5회 한무숙소설 서평대회 대상 수상 (2015)

저서
· 인도기행 서평집 '끌리거나 혹은 떨리거나'
· 경제경영 서평집 '경제는 살아있는 인문학이다'
· '퇴근길 인문학 수업' (공제) 등

시간 및 일정

총 8주 과정
- 주중반 매주 목요일 저녁 7:30 ~ 9:30
- 주말반 매주 토요일 오후 2:00 ~ 4:00

장소

한국출판콘텐츠센터(서울 마포구 토정로 222) 5층 강의실

- 6호선 광흥창역 4번 출구에서 도보 459m (혹은 마을버스 11번)
- 5호선 마포역 1번 출구 근처 마을버스 12번

수강료

400,000원 (서평 단행본 제작비 포함)

신청 및 문의

thinksmart.media/reviewschool
contact@thinksmart.media
010-9964-2899

수료자 전원에게
정식 출간 및 유통되는
서평문집 '평' 제작 참여 기회가
주어집니다

에세이 학교

에세이 학교는
8주 동안의 강의와 과제를 통해
에세이 최소 한 편 쓰기,
출간 기획안 및 개인 프로필,
씽크스마트와의 출간 상담까지 진행하며
에세이 저자로 성장하는
에세이 쓰기 프로그램입니다

강의 계획표

1강 좋아하면 울리는
- 오리엔테이션
- 내 마음에 울리는 글이란

2강 나는 지지 않는 게임만 한다
- 주변의 소재 찾기
- 내 것처럼 따라 쓰기: 필사

3강 문장의 체력 더하기, 쁘라쓰!
- 간결하고 정확한 문장 쓰기
- 설명이 아닌 보이는 글

4강 문장의 힘 빼기, 마이나쓰!
- 맞춤법은 기본
- 퇴고의 중요성 × 100,000,000

5강 에세이의 머리 · 몸통 · 꼬리 요리법
- 글쓰기의 꿈의 지도, 목차
- 화룡점정, 제목 짓기

6강 나를 포장해서 팝니다
- SNS를 이용한 글 모으기
- 슬기로운 SNS 생활

7강 이제는 씁시다!
- 목차에 살 붙이기
- 강렬한 첫 문장, 여운이 흐르는 마지막 문장

8강 책을 내고 싶은 당신에게
- 출판사 지혜로운 투고 방법과 출간 기획서 작성
- 마무리

에세이학교 교장

작가 황서미

- 과거
2018년, 매월 독자를 모집해서 매일 짧은 에세이 한 편씩을 이메일로 배달하는 '녹즙 칼럼' 운영. 이때 썼던 글을 모으고 다듬어 에세이집 《시나리오 쓰고 있네》 발간.

- 현재
타고난 산만함과 예민한 청력으로 혼자 밥과 술을 먹고 있으면 어쩔 수 없이 들려오는 옆 테이블 사람들의 소소한 이야기를 서울신문에 《황서미의 시청각 교실》 칼럼으로 연재 중.

- 미래
에세이 제목처럼 세상 사람들에게 위로를 선사할 영화나 드라마를 한 편 써내려고 준비 중. 2022년 1월에는 전국 팔도 만두 이야기, 에세이 《만두, 먹어봤습니다》 출간 예정. 또한, 전국 절밥과 수도원의 밥을 먹으며 '마음과 밥' 이야기를 계속해볼 계획.

- 글 근육
회사 홍보영상 스크립트, 각종 교정·교열 작업, 한의원·병원 홍보 블로그, 에세이·자서전 대필 등… '알바'라는 이름의 이 작업들은 글쓰기를 위한 '근력'의 바탕이 되었다는 것을 알고 감사하는 중.

- 글공부
운동선수 같이 매일 글쓰기 연습 중. 글쓰기에 '완벽'한 상태는 없다는 것을 알게 되었다.

신청 및 수강 안내 (1기 기준)

시간	총 8주 / 매주 화요일 / 2022년 2월 15일(화) ~ 4월 12일(화)
	- 오후반 : 매주 화요일 3~5시
	- 저녁반 : 매주 화요일 7~9시
	※ 3월 1일 휴강
	※ 선착순 10명 내로 최소 5명 이상 시 개강
장소	온라인 Zoom 실시간 강의
수강료	300,000원
문의	contact@thinksmart.media
	010-9964-2899

**에세이 작가로 성장하고 싶은 분들의
많은 참여 바랍니다**

thinksmart.media/essayschool